a casa mágica

STELLA MARIS REZENDE

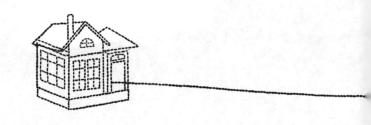

a casa mágica

STELLA MARIS REZENDE

GLOBOLIVROS

Copyright © 2021 by Stella Maris Rezende

Copyright © 2021 by Editora Globo s. a.

Todos os direitos reservados. Nenhuma parte desta edição pode ser utilizada ou reproduzida — em qualquer meio ou forma, seja mecânico ou eletrônico, fotocópia, gravação etc.— nem apropriada ou estocada em sistema de banco de dados sem a expressa autorização da editora.

Texto fixado conforme as regras do novo Acordo Ortográfico da Língua Portuguesa (Decreto Legislativo no 54, de 1995).

Editor responsável Lucas de Sena

Assistentes editoriais Jaciara Lima e Renan Aguiar

Revisão Érika Nogueira Vieira

Diagramação e capa Julia Ungerer

CIP-BRASIL. CATALOGAÇÃO NA PUBLICAÇÃO
SINDICATO NACIONAL DOS EDITORES DE LIVROS, RJ

R358c

Rezende, Stella Maris, 1950-
A casa mágica / Stella Maris Rezende. - 1. ed. - Rio de Janeiro : Globo Livros, 2021.

240 p. ; 21 cm.

ISBN 978-65-5987-019-6

1. Ficção brasileira. I. Título.

21-73532   CDD: 869.3
                                 CDU: 82-3(81)

Meri Gleice Rodrigues de Souza - Bibliotecária - CRB-7/6439

1ª edição | 2021
Direitos de edição em língua portuguesa para o Brasil
adquiridos por Editora Globo s. a.
Rua Marquês de Pombal, 25 – 20230-240 – Rio de Janeiro – rj
www.globolivros.com.br

Para as queridas Cristiane Salles,
Marismene Gonzaga
e Anna Maysa

PRIMEIRA PARTE

o sentido das coisas

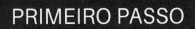

PRIMEIRO PASSO

Ela é a sobrinha que matou a tia. Ela gosta de mexer com o sentido das coisas. Ela é a viajante dos compromissos mágicos.

Mas antes, é preciso dizer que no misterioso caderno há coisas que precisam ser lidas. Rosalina viera por causa de coisa ou outra, uma delas é o caderno de recordação de Engrácia Maria do Rosário. Que, sempre que saía de casa, jogava sobre os ombros um mantô bonina. Um dia, a mulher do mantô bonina mandou construir uma casa no Alto São Francisco e disse: aqui será a minha morada nova.

Tempo correu e, aos poucos, o lugarejo passou a ser chamado de Morada Nova. Muito religiosa, Engrácia Maria do Rosário providenciou a construção de uma capela para Nossa Senhora do Loreto e daí o lugarejo ganhou o nome de Nossa Senhora do Loreto de Morada Nova. Mais tarde, voltou a ser apenas Morada Nova.

Muito, muito tempo depois, não existe mais a casa da senhora do mantô bonina, mas há a rua em sua homenagem. Sabe-se pouco sobre Engrácia. Dizem que era casada e tinha vários amantes. Escrevia num caderno de recordação. Por um longo tempo esse caderno ficou desaparecido, mas de uns tempos para cá, tem corrido a notícia de que se encontra guardado por uma das senhoras mais ricas e mais poderosas de Morada Nova. Só ela tem acesso ao caderno e diz que jamais abrirá suas páginas a outra pessoa. Com toda a certeza, há coisas que precisam ser lidas nesse caderno, Rosalina frequentemente pensa nisso, e eis um dos motivos que a trouxeram a Morada Nova.

Ao chegar à rua Engrácia Maria do Rosário, Rosalina se detém. Ela sabe que vai viver vicissitudes na velha casa do Olinto do Paulo. Quando menina, pensava que o avô se chamava Olinto do Paulo, demorou a entender que Paulo é o nome do pai do Olinto. Paulo é, portanto, seu bisavô. Aqui é assim. Em vez de perguntar o nome da pessoa, pergunta-se de quem a pessoa é. Na resposta, a pessoa diz o nome da mãe e o do pai — se a mãe tiver marido —, do avô ou da avó, e do bisavô ou da bisavó. Em resposta mais curta, se diz o nome da pessoa e o da mãe. Rosalina não sabe nada sobre o bisavô Paulo, mas fica imaginando que ele era dono de fazendas. Na família, ele é um mistério. Ninguém diz nada sobre o bisavô Paulo e então Rosalina só pode imaginar. Será que tinha terras que foram inundadas pela represa de Três Marias?

Rosalina da Dorlinda da Alice do Olinto do Paulo fica estatuada no meio da rua, ansiosa por entrar na velha casa, triste em ver pedaços do muro despencados na calçada. O que resta do muro está bastante trincado, precisa de reparo e pintura. Lembra da mãe, Dorlinda, que vive preocupada com a irmã que mora na velha casa da rua Engrácia Maria do Rosário. A irmã que vive num papo de teima, praticamente não sai de casa, cisma de morar sozinha, os filhos quase não a visitam, não porque não gostem da mãe, mas porque a Felícia não tem paciência com eles, não se agrada em vê-los ruidosos pelos cômodos da casa. Felícia enxota os filhos como se espantasse cães sarnentos.

Rosalina quer visitar a tia, mesmo sabendo que não será recebida com abraço e café coado na hora. Mesmo antevendo o olhar rancoroso. Mesmo adivinhando a frase que ouvirá. Não sei o que veio fazer aqui.

Não há outras pessoas na rua. Nem um carro aparece. Rosalina da Dorlinda continua pensando na mãe e sua esperança de que ela tresfolie e divirta a tia, se entusiasmou com a viagem da filha a Morada Nova: quem sabe você dá conta de fazer a Felícia voltar a gostar das pessoas? Voltar a gostar da vida, querer reformar a casa, esvaziar aqueles armários cheios de roupas que ela não usa, dar serventia para aquelas cento e quarenta e quatro cadeiras, aquelas vinte camas, aquelas oito cristaleiras cheias de louças que ela não aproveita.

A tia Felícia tem cento e quarenta e quatro cadeiras? Pois é, Rosalina. São cadeiras muito bonitas, foram desenhadas por um arquiteto de renome, ficam espalhadas pelas varandas, mas ninguém se senta nelas, a Felícia não recebe visita. Quem sabe você dá conta de fazer a Felícia voltar a gostar de movimento? Desde quando ela ficou assim? Perguntou à mãe. Dorlinda apertou os lábios, depois abriu a boca, soltou um pouco de ar e disse: ela sempre foi arredia e sistemática, mas de uns dez anos para cá, se isolou de vez. Mas quem sabe você. Fazer a tia Felícia voltar a gostar de movimento? E Dorlinda sorriu ao dizer: eu tresfolio com o sentido do meu nome e sonho com o dia em que a minha irmã se dê ao sentido do nome Felícia.

Com essa resposta da mãe, Rosalina se convenceu de que era premente visitar a tia em Morada Nova. Se há uma coisa de que gosta muito é mexer com o sentido das coisas. Rosalina cresceu com a mãe tratando de tresfoliar com o sentido do nome Dorlinda. Dizia que na escola, quando menina, os colegas riam e falavam que não existe dor linda, que toda dor é feia ou horrível, zombavam dela, mas aos poucos ela foi se estabelecendo, foi se impondo, dizia que amar é uma dor linda, e essa frase, amar é uma dor linda, acabou fazendo com que os colegas vissem um outro sentido para o nome dela.

Estatuada no meio da rua Engrácia Maria do Rosário, Rosalina fica imaginando a fazendeira chegando ao Alto São Francisco no século dezenove e dizendo: aqui será a minha morada nova. De onde veio Engrácia? Será que era portuguesa. Será que tocava piano? Pelo que disse Dorlinda, só a Olímpia do Jacinto da Vicentina do Pedro tem informações seguras sobre Engrácia Maria do Rosário. E a Olímpia tem parecença com a Felícia, é arredia e sistemática, todos dizem que ela guarda documentos importantes sobre Morada Nova e encasqueta de não revelar a ninguém.

Estatuada no meio da rua, Rosalina já tem certeza de que vai visitar a tia Felícia e que em breve tomará o expediente de visitar também a Olímpia do Jacinto da Vicentina do Pedro.

Rosalina não sabe se fará com que a tia Felícia dê serventia às cento e quarenta e quatro cadeiras. Não sabe se lhe será permitido entrar no escritório da Olímpia, ver os documentos guardados há tanto tempo, ver principalmente o caderno de recordação, convencer a Olímpia de que outras pessoas precisam conhecer a história da mulher do mantô bonina e seu entrelaçamento com a história de Morada Nova.

Mas sabe que vai dar o primeiro passo.

Já passa da hora de bater palmas em frente à casa da tia Felícia, é quase meio-dia. Então Rosalina alui do lugar e se aproxima da calçada. Observa outra vez o muro, os pedaços de alvenaria desabados sobre a calçada. Lembra de novo da Dorlinda. A minha mãe cuidava tão bem da casa, sabe, Rosalina? A sua avó Alice. Ela se esmerava em conservar tudo, mandava restaurar, recebia muita gente, a casa era frequentada por gente rica e por gente pobre, a minha mãe era muito dada. E o bisavô Paulo, mãe? Me conta sobre ele. O vô Paulo é um mistério na família. Ninguém fala nada sobre ele.

Anda, menina, avia. A voz da mãe. Então Rosalina bate palmas em frente à velha casa da família. Felícia não tem empregada, vive sozinha, o mato vai crescendo no jardim, gatos do mato são as únicas companhias da mulher que não gosta de receber visita. Rosalina já tem conseguimento de ver dezenas de gatos no jardim da frente da casa.

Insiste, anda, avia. A voz da Dorlinda. A voz que não descansa. Amar é uma dor linda. Então Rosalina bate palmas outra vez, e continua batendo palmas, com força, com entusiasmo, com uma coragem que ela inventa que tem. Ela gosta de mexer com o sentido das coisas. E continua batendo palmas. Maritacas desandam a gritar no compasso das palmas renitentes. Ela vai ter que aparecer. Uma hora ela vai ter que responder a essas palmas que não param de acontecer em frente ao portão da velha casa da família. Palmas para que te quero, Rosalina diz em voz baixa e ri, pernas me trouxeram e palmas me consideram, ela continua rindo, batendo ainda com mais força e mais teimosia.

Dois gatos do mato se aproximam do enorme portão de ferro. Ficam olhando para ela. Um é todo preto. O outro é amarelo-ouro. Oi, felinos. Como vai a vida? Rosalina pergunta, ansiosa e contente.

A CASA MÁGICA   13

Como é viver num jardim enorme e abandonado? A dona da casa dá comida para vocês, senão não estariam aqui, e ela dar comida para vocês diminui um pouco o terrível conceito que dela se tem. Os dois gatos continuam olhando para Rosalina. Será que a tia Felícia deu nome a vocês? Imagino que não, mas vou perguntar. E Rosalina continua batendo palmas efusivamente.

Uma menina de vestido vermelho vem vindo rua abaixo e, ao se aproximar da velha casa, diz: não adianta chamar. A doida que mora aí não abre a porta para ninguém. Rosalina morde os lábios, ajeita os óculos, fita o rosto sardento da menina. Eu sou a sobrinha dela. Para mim ela vai ter que abrir. Eu duvido, mas quem sabe? Diz a menina, se afastando, ao mesmo tempo em que prende o cabelo num rabo de cavalo, rodando com mãos ágeis uma liga elástica.

A doida que mora aí. Decerto Morada Nova inteira costuma dizer isso. Rosalina continua a bater palmas em frente ao enorme portão de ferro. Continua fitando a porta principal da casa. Para mim, ela vai ter que abrir. O gato amarelo-ouro se deita na grama malcuidada e fecha os olhos. O preto começa a andar em direção a um pé de manga.

Rosalina observa que alguém se movimenta lá dentro, por entre os vidros de uma janela. Só pode ser a tia Felícia. Ela deve estar espiando para ver quem está chamando com tanta insistência. Será que vai reconhecer a sobrinha? Rosalina aposta que sim, é a cara da irmã dela, a Dorlinda. Rosalina continua batendo palmas, como se isso fosse salvar a humanidade inteira de uma tragédia. Palmas para que te quero.

A porta principal aberta agora. Tia Felícia, de saia preta e blusa branca, toda magrinha e espigada, tem o comprido cabelo branco e solto. E vem andando em direção ao portão de ferro. Com um molho de chaves na mão. Vem andando devagar, mas firme. A ardósia é o caminho em meio à grama que avança sobre a pedra. Em sua casa em Dores do Indaiá, o caminho que vai do portão até o alpendre também é de pedras de ardósia, lembra-se Rosalina, que vira e mexe inventa de imaginar pessoas com nomes esquisitos. Uma mulher se chamar Ardósia seria tranchã. Dona Ardósia, a sua comida é ardosa? Dona Ardósia, a senhora deve ser uma pessoa ardorosa. Rosalina vê a tia Felícia se aproximar.

Não sei o que veio fazer aqui.

Tinha certeza de que seriam essas as primeiras palavras. Tia Felícia hesita em abrir o portão de ferro, abaixa-se e acaricia o gato amarelo-ouro, que abre os olhos e mia, decerto acostumado com o gesto. Rosalina fica olhando tia Felícia acarinhar o gato amarelo--ouro. Por essa ela não esperava. Eu também adoro gatos. Rosalina mente. Precisa se aliar. Vai daí tia Felícia se ergue devagar e fixa os olhos na sobrinha, observando-lhe o tênis vermelho, a calça jeans toda rasgada nos joelhos, a blusa de malha cinza, o cabelo cortado curtinho, a mochilinha amarrada às costas, os olhos debaixo dos óculos de aro azul.

Não sei o que veio fazer aqui. Tia Felícia repete, enfiando uma chave na fechadura do portão. Rosalina sente cheiro de inhaca.

✦

Diante da tia, estende os braços, mas recolhe-os depressa, a constatar que os braços da tia não se estendem para ela. Melhor assim. O cheiro de inhaca é forte. Tia Felícia decerto não toma banho com frequência. As duas vão andando em direção à porta principal da velha casa da família em Morada Nova, a casa que foi do Olinto do Paulo. Tia Felícia na frente, magrinha e espigada. Rosalina um pouco atrás, observando os gatos do mato espalhados pelo jardim. São dezenas. Rosalina não gosta de gatos, mas hoje são seus bichos prediletos. Nossa, tia, quantos gatos no jardim! Sabia que eu também adoro gatos? Lá em casa eu tenho dois, um macho e uma fêmea, Titico e Teteca. Inventa os nomes rápido, convém manter a possibilidade da aproximação.

Titico e Teteca. Até que soa bem. Rosalina acompanha os passos da tia e, ao vê-la abrir totalmente a porta principal, pensa em dar as costas e sair correndo, fugir, desistir do que veio fazer. Não sabe direito o que veio fazer, na verdade. Atendeu ao pedido de Dorlinda, preocupou-se com a preocupação dela. Sente-se guiada pela frase "amar é uma dor linda" e bate os olhos nos móveis da sala imensa.

Tudo é muito. A mesa de madeira escura é muito larga e muito comprida. O lustre dos anos 1940 é muito bonito e muito empoeirado. As cadeiras que rodeiam a mesa são muito altas e muito bem torneadas no espaldar. As cristaleiras são muito grandes e muito cheias de louças. Os sofás e as poltronas são muito velhos. O belo piso de ladrilho hidráulico está muito encardido. Não sei o que veio fazer aqui. Tia Felícia está muito desgostosa com a visita.

Depois da sala de estar, entra-se numa sala com armários altos e largos, cheios de livros por detrás dos vidros. Disfarçadamente, Rosalina aproxima-se de um deles e tenta abrir a porta, para constatar que está trancada. Sim, claro, a tia Felícia tranca os livros nos belos armários. Empoeirados, mas ainda belos.

Dorlinda explicara que a biblioteca da Alice era um assombro de tão estupenda. Eu tentei trazer os livros para a nossa casa, Rosalina, mas a Felícia não abre mão de ser a guardiã dos livros da família. Rosalina conversara tantas vezes com a mãe sobre isso! Não entendo, mãe, você é muito mole, muito resignada. Gosta de ler e concorda em deixar os livros da família trancados na casa da rua Engrácia Maria do Rosário. Sou fraca mesmo, filha. Não dou conta de peitar a minha irmã. Ela se enfurnou naquela casa e não cansa de repetir: aqui só entra, daqui nada sai. Rosalina cresceu ouvindo "aqui só entra, daqui nada sai", quando a mãe se resigna e anui que de fato não consegue enfrentar a irmã.

Então Rosalina pergunta, apenas para confirmar o que já sabe: quantos livros nesses armários, hem, tia Felícia? Que maravilha! Está lendo qual? Passam-se alguns instantes. Tia Felícia vai andando em direção ao corredor de tábuas escuras. Rosalina vai atrás e vê que as portas dos quartos, à esquerda e à direita, também estão trancadas. São dez quartos, cinco de cada lado. Não preciso ler mais nada, já estou velha demais para isso, já sei tudo da vida.

Rosalina aperta os lábios e continua a andar atrás da tia. Há um banheiro à esquerda e outro à direita. Abertos, porque há coisas mais urgentes do que o papo de teima da tia. Já sabe de tudo da vida, mas continua precisando de banheiro. Vou jogar uma água no rosto, Rosalina diz, apenas para observar as antiguidades do banheiro à esquerda. Tia Felícia não se detém, não espera por ela.

Que mimosura a pia dos anos 1940, as torneiras parecendo de ouro, a banheira, o piso de ladrilho hidráulico, a janela de vidro e treliças. Rosalina inclina o rosto e abre a torneira. A água é pouca, vem quase pingando, mas dá para molhar o rosto e se refrescar. Ao se olhar no espelho, vê mais palidez e indecisão do que qualquer outra coisa necessária para abalar as paredes de pedra da tia que não se cansa de repetir: aqui só entra, daqui nada sai.

Encontra tia Felícia na cozinha. Está sentada num dos bancos enormes que rodeiam a grande mesa de madeira. Não sei o que veio fazer aqui. Dos livros que a senhora leu, qual foi o de que mais gostou? Rosalina insiste, rodeando a mesa e se sentando em frente à tia. Não sei o que veio fazer aqui. Tia Felícia também insiste. Eu vim visitar a irmã da minha mãe, Rosalina diz tentando sorrir. A filha da minha irmã perde o seu tempo, tia Felícia retruca, apoiando os cotovelos na mesa e estendendo as mãos sobre a madeira, como se quisesse medir quantos centímetros a mesa tem. Ficou fazendo escândalo no portão da casa, foi isso o que a caçula da Alice te ensinou?

Rosalina respira fundo, apoia também os cotovelos na mesa. Sob o queixo põe as mãos. Não gosto de visita. É muito desagradável. A gente interrompe o que estava fazendo. E fica à mercê de agradar a visita. Não estou doente. Não preciso de ninguém. Tia Felícia com suas renitências. O que estava fazendo, hem, tia? Me conta. Seria tão bom saber como é a sua rotina! Deve ser muito movimentada a sua rotina. Muitos compromissos, não é mesmo? A minha mãe costuma dizer que a senhora costura e borda muito bem, faz toalhas de crochê, pinta em tecidos, além de cuidar da horta no quintal e cozinhar maviosamente bem. Ela diz que a senhora é doutora em arroz-doce, que o seu arroz-doce é o mais gostoso do mundo, ai, que vontade de comer arroz-doce, tia Felícia! Me deu até água na boca, eta bondade. Cuidar de uma casa enorme como essa, de um jardim e de um quintal enormes como esses, tudo isso é muito trabalhoso, eu sei, tia. Compromissos de uma dona de casa não acabam, é um lava e passa, é um enxágua e pendura, é um seca e guarda, é um cozinha e frita, é um escolhe e tempera, é um levanta e agacha, tem arroz-doce na geladeira?

De propósito, desembestara a falar e agora fita os olhos da tia, que permanecem estáticos, indiferentes ao seu palavreio desenfreado. Rosalina sabe que não tem arroz-doce. Tia Felícia deve comer angu com quiabo e de vez em quando chupa mangas do jardim da frente ou come goiabas do quintal dos fundos. Tia Felícia não costura, não borda, não faz crochê, não pinta em tecidos, não toma banho com frequência. Faz anos vive assim. Sempre foi arredia e sistemática, como diz Dorlinda, mas vem piorando bastante. A mania de entulhar e guardar tudo, sem permitir que outras pessoas tenham acesso ao que ela empareda na velha casa do Olinto do Paulo, vem se tornando cada vez mais recrudescida. Aqui só entra, daqui nada sai.

A senhora não perguntou, mas eu vou dizer. A minha mãe está bem, continua dando as aulas dela lá em Dores. Ela gosta de ser professora, embora ganhe pouco dinheiro com isso. Professores não são valorizados no Brasil, a senhora sabe, principalmente nos dias de hoje, pois é. A senhora foi professora também, eu sei, já se aposentou.

Tia Felícia de repente ergue meio corpo, passa as pernas por cima do banco e fica de costas para Rosalina. Não sei o que veio fazer aqui.

Rosalina continua onde estava. Mas não para de tentar conversar. A senhora ainda lê os livros da família, tia? São alguns clássicos ingleses, alemães, franceses, americanos, russos e espanhóis. A maior parte é da literatura brasileira clássica e moderna, tem a coleção completa da Cecília Meireles, da Clarice Lispector, do Carlos Drummond, do Graciliano Ramos, a mamãe me disse. Tem tudo do Guimarães Rosa também. A caçula da vó Alice também me contou que tem algumas preciosidades, livros raros, ai que vontade de saber que livros raros são esses, tia! Mas me conta, qual foi o livro que mais encantou a senhora?

De costas para a sobrinha, a tia não responde. Rosalina fica imaginando aquele mundaréu de livros nas mãos de várias pessoas. Mas a frase rotineira é uma lasca de pedra esfolando sua testa: aqui só entra, daqui nada sai.

Rosalina observa o fino cabelo branco praticamente cobrindo as costas inteiras da tia. Parece um alvadio véu. Dorlinda costuma dizer que tia Felícia teve um bom marido e os filhos são pessoas equilibradas e trabalhadoras. Quando ficou viúva, chorou dias e dias, o que era compreensível, afinal, perdera um bom marido, mas o luto foi se tornando cada dia mais fechado e mais rigoroso. O temperamento arredio e sistemático se exacerbou. Começou a proibir os filhos de a visitarem. Eles insistem, saem de suas casas em Divinópolis e a surpreendem, levam os filhos deles na esperança de que ela se enterneça com os netos, mas filhos e netos não ficam por mais de meia hora, Felícia de repente os expulsa, irritada e colérica.

Por várias vezes, Dorlinda, a caçula da Alice, marcou consulta com médico em Belo Horizonte para Felícia, a filha mais velha da Alice. Recomendou que a irmã se tratasse, disse que pagaria a consulta, ofereceu hospedagem em hotel perto do consultório médico, insistiu e continua insistindo, vez ou outra. Nesses momentos, tia Felícia surta, grita bem alto que não carece de médico nenhum nada, que ela não está doente, que ela apenas decidiu viver sozinha e ser a guardiã dos objetos da família, que a família precisa entender que ela é a responsável pela riqueza histórica da casa na rua Engrácia Maria do Rosário, que tudo que existe na casa precisa ser preservado e muito bem cuidado, que ninguém cuidaria tão bem quanto ela, que ela nasceu para ser a guardiã das relíquias da família.

Dorlinda imaginou que talvez Rosalina possa resolver esse embondo e conversou com a filha: quem sabe você dá conta, você é tão ladina, minha filha, tão espirituosa, vive tresfoliando com as palavras, quem sabe você dá conta de fazer a Felícia voltar a gostar de movimento? Você é a minha última esperança. Mas Rosalina, diante das costas austeras da tia, tem fortes dúvidas de que consiga. Não sou especialista em desvario, ela pensa, com vontade de rir.

Não sei o que veio fazer aqui. A tia repete, se levantando.

Eu também não sei. Rosalina diz, rindo, se levantando também.

$$\times\!\!\!\!-\!\!\!\!+\!\!\!\!-\!\!\!\!\times$$

O que sabe é que gosta de mexer com o sentido das coisas. Ao ver tia Felícia encher de água uma chaleira e acender uma boca do fogão a gás, estende o olhar para o fogão de lenha. Cimentado de vermelho, ainda tem panelas de ferro sobre as cinco trempes. Restos de cinza e duas pequenas achas de madeira que um dia arderam e soltaram iridescentes labaredas. No meio da cozinha, onde antigamente reinava, o vetusto fogão agora não passa de relíquia abandonada. Rosalina ajeita os óculos de aro azul, que andam precisando de serem regulados, vivem quase despencando sobre o nariz. A senhora nunca mais usou o fogão de lenha, tia. Ô dó. Pelo menos de vez em quando, devia usar. Dizem que a comida fica mais saborosa! Vai coar um café para nós? Que mané coar um café, menina. Tome tenência. Não sei o que veio fazer aqui.

Rosalina continua observando a tia, que se aproxima de um guarda-comida, abre uma das portas e fica procurando algo. Na casa da rua Engrácia Maria do Rosário não há modernos armários de cozinha. O que há é um guarda-comida imenso, de madeira escura e pesada. Rosalina gosta de guarda-comida, expressão antiga que ela acha poética. Tia Felícia encontra o que queria numa tigela com tampa. Ao retirar algumas folhinhas secas, cobre de novo a tigela com a tampa e um barulho de louça antiga ressoa, como se quisesse dizer alguma coisa que jamais deveria ser guardada, como se sob a tampa da tigela morasse um segredo, como se em forma de suave barulho todas as palavras urgentes se proferissem, como se toda uma vida pudesse ser contada por um barulho de louça antiga.

Tia Felícia joga as folhinhas secas na água já fervente e tampa a chaleira. Deixa ferver por vários minutos. Depois, apaga o fogo e deixa o chá em infusão. Deve ser erva-cidreira, pensa Rosalina. Será que vai me oferecer uma caneca? Provavelmente, não. Vamos ver. Estou aqui para as aventuras com uma tia que precisa voltar a gostar de movimento. Não vim obrigada. Vim porque concordei. Vim porque sou doida também. Ajeita a mochilinha nas costas. Apruma de novo os óculos e sorri.

Sob a prateleira de cedro acima da pia, há três canecas penduradas em ganchos. Tia Felícia pega uma delas e se serve do chá. Apoia os quadris na quina da pedra da pia e começa a beber, de frente para a sobrinha, que volta a se sentar no banco, põe os cotovelos na madeira e o queixo sobre as mãos.

Os dois gatos que apareceram na frente do portão, o preto e o amarelo-ouro, entram miando na cozinha. Tia Felícia se inclina e acarinha com a mão direita o pelo deles, um e outro, devagar, sustendo a caneca de chá quente na mão esquerda. Rosalina quer que ela, de propósito, derrame chá quente nos gatos, que rapidamente fugiriam miando de dor, mas a tia toma todo o cuidado, continua fazendo carinho no pelo de um e de outro, segurando firme com a mão esquerda a caneca de chá quente que poderia comprovar que a doida da rua Engrácia Maria do Rosário precisa ser internada no manicômio de Barbacena. Aquele manicômio famoso em internar moças saudáveis que eram levadas para lá por pais que não aceitavam filhas grávidas antes do casamento, ou filhas respondonas, filhas rebeldes, filhas teimosas, filhas que queriam ser artistas, filhas inconformadas com o destino de apenas obedecer. Filhas inteligentes e desafiadoras. Muitas acabavam ficando loucas de verdade, de tanto sofrimento, tanta injustiça, tanta solidão.

Rosalina fica se imaginando uma interna do manicômio de Barbacena. O pai ainda morava com ela e, ao descobrir que a filha gosta de mexer com o sentido das coisas, determinou que isso é caso de internação. A mãe não concordou, discutiu com o pai, chorou muito, mas era mole, acabou cedendo. Rosalina foi levada à força para o manicômio de Barbacena. Agora, ela vez ou outra conversa com uma colega que relatou que apenas gosta de desenhar monstros, diz que seu sonho é ganhar a vida com desenhos de monstros, em casa passava horas criando ou retratando monstros, dava traços e cores aos monstros, tinha hora que até esquecia de se alimentar, então a família decidiu que era caso de internação. Agora ela vive no manicômio, sem direito a papel ou lápis de cores. É obrigada a rezar terço e dizer ladainhas, várias vezes por dia, para se curar. Rosalina fica pensando na história da colega. Ela, que gosta de mexer com o sentido das coisas, tem como companhia a moça que gosta de desenhar monstros. Para suas famílias, elas precisam viver internadas no manicômio de Barbacena. Por haverem externado o que sentem e pensam, acabaram internadas. No manicômio de Barbacena, no quarto com minúscula janela gradeada, Rosalina pergunta à colega: quem são os verdadeiros terríveis monstros dessa história? Rosalina ri, voltando à cozinha da tia Felícia.

Lembra que tomou café da manhã bem reforçado, já eram quase dez horas quando saiu do quarto da pousada, e, na sala em frente à cozinha, se empanturrou de bolo e biscoito de queijo, rosca, broa de milho e café com leite. Não sente fome agora, imagina que lá pelas cinco da tarde sentirá vontade de comer alguma coisa. Ela se preveniu. Sabe muito bem que a filha mais velha da Alice faz questão de espantar as visitas.

Tia Felícia dá as costas para os gatos e põe a caneca dentro da cuba da pia, abre a torneira sobre ela e a enche de água, depois, pega a caneca e a sacode de lá para cá, debaixo da água, fecha a torneira e pendura a caneca num dos ganchos sob a prateleira de cedro pintada de azul. Os gatos se afastam juntos, caminham devagar lado a lado e se deitam num tapete esgarçado perto do fogão de lenha. Deve ser o lugar preferido. A senhora almoça cedo, tia? Já almoçou hoje?

Não há respostas. A filha mais velha da Alice não responde às perguntas das pessoas. Rosalina sabe disso. Dorlinda explicou muito bem que a mãe dos primos de Divinópolis não responde a nenhuma pergunta que lhe seja feita. Então Rosalina se lembra, mais uma vez, de que gosta de mexer com o sentido das coisas.

Sabe que precisa matar a tia e enterrá-la no jardim. Todos os problemas estariam resolvidos. O restante da família respiraria em paz, finalmente. A velha casa da rua Engrácia Maria do Rosário seria caprichosamente restaurada e reaberta. Os livros seriam emprestados a quem desejasse lê-los. As roupas seriam lavadas e utilizadas por quem precisasse delas. As cristaleiras, as cômodas, as camas, as cento e quarenta e quatro cadeiras, tudo voltaria a viver entre pessoas que queiram se sentar, dormir, acordar e abrir portas de cômodas e cristaleiras.

Mas de que modo mataria a tia? Com uma boa faca de cozinha, talvez. Teria que ser rápida e ter sangue-frio. Um veneno também é ótima ideia. Faria com que a tia morresse devagar, para que a sobrinha sentisse o prazer de vê-la estrebuchar aos poucos, sofrer espasmos, babar até o último suspiro. Dorlinda se orgulharia da filha. Todo o restante da família se orgulharia da filha única da Dorlinda. Ela teria atendido ao pedido da mãe, evidentemente. Tia Felícia morta, bem morta da silva xavier, traria movimento, agradaria as pessoas. Mexendo com o sentido das coisas, a tia daria um revestrés e acenderia de novo as chamas do fogão de lenha.

Mesmo em dúvida e exatamente porque em dúvida de como fará, Rosalina começa a planejar o assassinato da tia Felícia, a tia infeliz, a que não responde às perguntas, a que vive dizendo "aqui só entra, daqui nada sai". A tia que não faz jus ao nome.

Primeiro, Rosalina se levanta do banco de madeira e dá um pulo diante da tia, dizendo: não quero goiaba. Detesto goiaba. A senhora não se atreva a me oferecer goiaba. Tia Felícia arregala os olhos. Parece não acreditar que ouvira algo tão bom de se ouvir.

Então Rosalina repete: a senhora não se atreva a me oferecer goiaba. Detesto goiaba. Não quero goiaba.

A CASA MÁGICA   25

Tia Felícia se aproxima, estendendo as mãos trêmulas. Vem, sua aborrecida! Toma entre as mãos trêmulas as mãos resolutas da Rosalina. Vem comigo para o quintal. Vamos comer goiaba. Tem da vermelha e da branca. Eu prefiro a da polpa vermelha, e você?

Eu prefiro a da branca, Rosalina responde, sem fome de comer goiaba, mas faminta de vingança.

Desde menina, Rosalina quer saber o que aconteceu com o bisavô Paulo. A mãe vive dizendo que ele é um mistério na família. Faz alguns anos ela quer também escarafunchar sobre Engrácia Maria do Rosário, a fundadora de Morada Nova. Sabe-se que era fazendeira e que sempre que saía de casa jogava sobre os ombros um mantô bonina. Será que escravizava e maltratava gente? Foi ela quem mandou construir a capela de Nossa Senhora do Loreto, a que ficou debaixo das águas da represa de Três Marias. Será que enquanto se ajoelhava no genuflexório, de mãos postas diante de uma imagem de santo, seus escravizados eram torturados por ordens da mulher que pedia a Deus que a abençoasse? Era assim naquele tempo. Dorlinda costuma dizer. Certos livros costumam relatar. Era assim naquele tempo.

Rosalina quer saber mais coisas sobre a mulher do mantô bonina que mandou construir uma capela naquele tempo. Será que, já viúva, Engrácia Maria do Rosário mandou furar os olhos e arrancar a língua de uma negra que era obrigada a ser amante do marido dela? A pobre moça tinha sido covardemente violentada, vivia fugindo, tentava escapar, mas sempre acabava amarrada numa cama, braços presos, o resto do corpo à mercê do marido de Engrácia, Engrácia que sabia de tudo isso, o que não pesou em sua decisão de calar e cegar a pobre moça.

Por que o pai do vô Olinto é um mistério? Ela se pergunta, desde menina. Por que a família se conforma com o mistério? Rosalina gosta de mexer com o sentido das coisas. Vai tratar de desvendar o mistério do bisavô. Vai cavoucar a terra desse mistério, até deparar com o tesouro escondido.

Mas antes, precisa ir à casa da Olímpia do Jacinto da Vicentina do Pedro. Olímpia tem os documentos, guarda tudo o que se refere a Morada Nova, principalmente esconde o caderno de recordação da famosa fazendeira Engrácia Maria do Rosário. Imagina esse caderno, deve ser um escândalo de lindeza reveladora. A princípio inferiu que seria apenas um caderno de receitas de quitandas daquele tempo, mas todos dizem que certamente são recordações picantes, pois parece que a fazendeira teve muitos amantes. Tinha marido, mas tinha também amantes. Naquele tempo, como até hoje, os homens podiam ter várias mulheres, embora fizessem questão de se casar com uma. Essa uma deveria se submeter ao destino de saber que o marido se deitava com várias outras mulheres, tantas quantas ele quisesse, afinal, era homem. Rosalina se alegra com a possibilidade de comprovar que a dona Engrácia tinha marido, mas também amásios, amantes, namorados. Dentro de casa, o marido. Fora de casa, onde ela quisesse, amásios, amantes, namorados. Ara, por que só os homens podiam ser livres?

Ainda se imaginando a folhear o caderno de recordação de Engrácia Maria do Rosário, no escritório da casa verde da Olímpia do Jacinto da Vicentina do Pedro, autorizada por Olímpia a ler atentamente cada página, para transformar o "parece" em "de fato", Rosalina vai entrando no jardim. Alguns passos adiante, tia Felícia abre a portinhola do galinheiro e meneia a cabeça, dizendo: não tem ovo, nenhuma galinha botou ovo, que falta faz um ovo. Rosalina morde os lábios e ajeita os óculos. Não há galinhas no galinheiro. Nem frangos nem galos. Abandonado, o galinheiro é pura sujeira. O usual seria o galinheiro estar no quintal, não no jardim, mas com a tia Felícia tudo é muito estúrdio e até que é engraçado ela sonhar que pode ter ovo, assim de repente, como se ovo fosse coisa que surgisse do chão feito um atrevimento de mato.

Incrível, não é mesmo, tia? Eu também podia jurar que encontraria ovo no galinheiro. Ela diz, séria, seguindo os passos da tia, que agora caminha em direção a um tanque de azulejo amarelo encardido. Acho que vamos ver uma cobra aqui no tanque, diz a tia, com a voz animadíssima. Parece até que a tia vai desembestar a cantar, de tão contente. Rosalina, vou te contar uma coisa, costuma cobra morar aqui no tanque, sabe? Vez ou outra, encontro uma. Será louçã ver uma cobra enroscada no fundo do tanque, pensa Rosalina, se animando também. Mas cadê que tem cobra. Só tem um penico velho. Quem será que usava esse penico, hem, tia? Seu nariz, responde a tia. Rosalina ri alto. A tia tem mania de dizer isto, seu nariz, conforme a pergunta que se faça a ela.

Já deve ser por volta de uma da tarde e tia Felícia se aproxima de um pé de jabuticaba. E as goiabas, hem, tia? Ficam onde? Não tem goiaba, menina. Esquece esse embondo de goiaba. Tem jabuticaba. Está madurinha, olha.

Rosalina bem que olha. Bota reparo em cada galho do enorme pé de jabuticaba. Não há nem sinal de flores cheirosas que um dia se tornarão deliciosas jabuticabas. Mas por gostar de mexer com o sentido das coisas, a sobrinha da filha mais velha da Alice comenta: está madurinha de fato. Cada jabuticaba gigante, hem, tia? Deve ser docinha. Pega um montão e põe no bolso do seu vestido, bobona, diz a tia, toda empolgada. Pega um montão, não faz cerimônia. E leva um pouco para a sua mãe, a Dorlinda adora jabuticaba! Sem vestido e sem bolso no vestido, Rosalina diz: se a minha mãe adora jabuticaba, tia, faço questão de não levar jabuticaba para ela. Vou chupar tudo sozinha. Vê que tia Felícia se empolga ainda mais. A tia chega a dizer bem alto, quase pulando de alegria: isso mesmo, Rosalina, a sua mãe que trate de continuar com as aulas dela em Dores do Indaiá, bem a léguas de distância do meu pé de jabuticaba!

Ver a tia se aprazer em maus-tratos faz Rosalina se alegrar profundamente. Fica mais fácil para ela. É como se a maldade constituída em dar aprazimento fosse um passo hesitante e trôpego, mas também necessário para que se encontre o sentido que sempre se buscou.

Pouco tempo depois, ao voltar para a pousada na rua Frei Orlando, alguns minutos antes de ver araras-vermelhas sobrevoando pés de jatobá, Rosalina conclui que foi tranchã o primeiro encontro. A mãe imagina que ela possa fazer tia Felícia voltar a gostar de movimento e ela é a última esperança. Então Rosalina se alegra com o vindouro assassinato da tia.

SEGUNDO PASSO

Maria de Lourdes termina de atender o telefone e ergue os olhos para Rosalina, que vai entrando e rápido se aproxima do quadro de chaves. Como foi o passeio? Pergunta uma das proprietárias da pousada Sete Marias. Dia de sábado é dia de Maria de Lourdes comandar o café da manhã, a arrumação dos quartos, o atendimento ao telefone, o proseio gentil com os hóspedes. Dorlinda já havia contado à filha um pouco da história da pousada. As setes filhas da Verônica do Alfredo herdaram a pousada dos pais e cuidam de tudo com esmero e dedicação. Cada dia da semana fica por conta da presença firme de uma delas, para que tudo siga muito bem organizado e a tradição do estabelecimento se mantenha intacta.

Sete Marias é considerada a pousada mais familiar e mais aconchegante de Morada Nova, desde os tempos em que a cidade, praticamente destruída pelas águas da represa de Três Marias, com plantações inteiras já prestes a serem colhidas terem sido implacavelmente inundadas pelas águas, em pleno descaso do governo que sequer indenizou os prejuízos, aos poucos tentou se reconstruir. Animais e pássaros haviam sido engolidos pelas águas. Fazendas inteiras tinham sido encobertas pelas águas. Muitas pessoas simplórias, que não acreditavam que as águas viriam até suas casas e nelas permaneceram, também morreram afogadas. Foi como se Morada Nova tivesse sido afogada inteira. Até a capela de Nossa Senhora do Loreto ficou debaixo d'água, com apenas as pontas das duas torres ainda visíveis. Muita gente foi embora, em desalento ou desesperada. Muita gente se suicidou. De repente, Morada Nova se tornou uma cidade-fantasma. No entanto, aos poucos, os que ficaram se tornaram renitentes na reconstrução do lugarejo onde um dia uma senhora chamada Engrácia Maria do Rosário mandou construir uma casa e disse: aqui vai ser a minha morada nova.

Esse lugar faz jus ao nome, pensa Rosalina, batendo a mão no ar para retirar do quadro de histórias a represa de Três Marias e prestar atenção na história das irmãs proprietárias da pousada Sete Marias. Foi tranchã o passeio, Maria de Lourdes. Merendou com a sua tia? Eu duvido. A Felícia é muito estúrdia. Rosalina sabe que em Morada Nova todo mundo se conhece. Todo mundo sabe das tragédias de cada família, não de todas as tragédias, claro, porque famílias são represas de águas turvas, pensa Rosalina, atenta aos brincos de argola e ao lenço grená sobre o cabelo de Maria de Lourdes.

Comi ovo frito e chupei jabuticaba, diz Rosalina, sorrindo.

Maria de Lourdes da Verônica do Alfredo arregala os olhos, espantada com a novidade. Então a Felícia recebeu com gentileza a sobrinha? A Maria do sábado mantém o ar de surpresa, enquanto Rosalina, ainda sorrindo, vai andando em direção ao quarto.

Ao entrar, fecha a porta e se joga na cama. Fica olhando para o teto. Dá vontade de contar quantas tirinhas tem o forro de madeira, mas dá mais preguiça do que vontade. Toca o celular. É Dorlinda. Alô, mãezona. Tudo bem, filha? Eu estou agoniada com essa sua viagem a Morada Nova! Fica tranquila, está tudo bem por aqui.

Quero que você se distraia de mim, mãezona, viva mais as suas alegrias, tire férias de mim! Dorlinda desata a rir. Depois, diz: filha, só me conta uma coisa, por favor. Assim que a Felícia te recebeu, ela tratou logo de preparar uma ambrosia deliciosa para você, não foi? Ela correu ao galinheiro, colheu ovos fresquinhos e fez ambrosia, aposto. E serviu ambrosia numa tigela mimosa que ela sempre usa quando aparece visita. Acertou em cheio, mãe! Mas assim não tem graça, você sabe de tudo com antecedência. Só pergunta por perguntar, que coisa mais sem verniz!

Em Dores do Indaiá e Morada Nova, mãe e filha continuam a rir.

Depois de se despedir da mãe, Rosalina permanece na cama por alguns instantes, agora séria e absorta. Fica olhando para o lucivéu ao lado da cama. Foi a Maria dos Remédios da Verônica do Alfredo, ao recebê-la na tarde do dia anterior, que lhe apresentou essa palavra. Maria dos Remédios abriu o quarto e mostrou as toalhas dobradas sobre a cama, explicou o modo de fazer o chuveiro funcionar direitinho, detalhou a maneira de não deixar a chave emperrar na fechadura e, ao dizer que se quisesse ler até mais tarde, o ideal é que ligasse o lucivéu, para não clarear demais o corredor ao lado, a Maria da sexta-feira fez o coração da Rosalina bater mais forte. Que preciosidade é lucivéu! Abajur é bonitinho, mas lucivéu é um primor. Com sardas no nariz, cabelo grisalho e blusinha de lese branca, Maria dos Remédios lhe acendeu o lucivéu.

Ainda sem fome para almoçar, Rosalina decide sair de novo. Vamos ganhar tempo? Ela se pergunta. E se reponde, ao pular da cama, deixar os óculos na penteadeira e entrar no banheiro. Faz xixi, lava as mãos, penteia o cabelo, passa hidratante com protetor solar no rosto e nos braços, passa batom cor de boca e se certifica de que as tarraxas dos brincos continuam segurando direitinho a imitação de pérolas.

Ainda temos muito sábado pela frente.

Convém bater na porta da casa da Olímpia do Jacinto da Vicentina do Pedro. A casa verde da rua Célia Francisca de Oliveira. Fica tão perto da pousada. Vale a pena espichar o sábado e dar logo o segundo passo.

Vai sair de novo, que bom! Comenta a Maria do sábado, ao vê-la pendurar a chave no quadro de madeira à direita do balcão da recepção. Vai almoçar por lá? Se quiser, posso guardar um feijão-tropeiro para você. Obrigada, Maria de Lourdes. Vou comer alguma coisa na rua, não se preocupe. Nem sei que horas vou voltar. Gostando de ver a animação, menina, que maravilha, aproveite o passeio!

Rosalina não sabe o que vai acontecer, se por acaso a dona Olímpia do Jacinto da Vicentina do Pedro de fato abrir a porta da casa verde. Dizem que ela é tão estúrdia quanto a tia Felícia.

Será que as águas da represa, com a sua terrível tragédia, com o susto que provocaram em tanta gente, acabaram por afetar o pensamento e o sentimento de pessoas mais frágeis? Será que essa história do descaso do governo com Morada Nova teve como uma das consequências um mal de águas represadas? Comportas foram abertas e águas inundaram a cidade, mataram pessoas, pássaros, bichos, gados e plantações. Afogaram sonhos. Afogaram risos. Afogaram toalhas de mesa. Afogaram a alegria de bordar toalhas de mesa. Vai ver é por isso que as pessoas mais frágeis agora sofrem do mal de águas represadas. Rosalina caminha em direção à casa verde.

Mas antes de bater palmas em frente à casa verde, senta-se num dos bancos da praça do coreto. Costuma ter uma feira na praça, todo sábado. A Dorlinda contou que as pessoas armam barraquinhas e vendem panos de prato, caminhos de mesa, toalhas, tapetes, porta-calcinhas, blusas, saias e vestidos bordados, vários tipos de queijo e requeijão, bolos, pães, biscoitos, tortas, empadas, feijão-tropeiro, arroz de carreteiro, tudo quanto é tipo de pimenta, pamonha, mingau de milho verde, sandálias e chapéus. Pleno sábado, cadê a feira? O prefeito suspendeu a feira, Dorlinda explicou.

Rosalina continua pensando na explicação da mãe: você acredita, filha, que o prefeito suspendeu a feira por causa de poesia? Alguns estudantes começaram a declamar poemas na feira e o prefeito não gostou dos versos. Não gostou, porque os versos falavam do governo, do desprezo pela educação, do aumento do feminicídio, essas coisas que nós sabemos que existem, mas que o prefeito prefere que não sejam ditas em forma de poemas no meio da praça durante a feira. Os estudantes insistiram, desobedeceram por vários sábados, teimaram bravamente, até que um dia eles foram presos. E continuam presos, são de família pobre, não têm recursos para peitar as autoridades. O prefeito determinou que a feira continuasse a funcionar, mas os feirantes decidiram que não vai ter feira até que os estudantes saiam da cadeia e voltem a declamar o que quiserem. Que atitude mais linda a dos feirantes! Ela disse. Pois é, filha, tem gente admirável neste mundo, ainda bem. Lá em Belo Horizonte, mãe, em várias praças, tem também poesia dita e cantada. Chamam de slam. São batalhas de poesia, sabe? Já vi algumas, são lindas. Batalhas de poesia, é? Gostei. Em Morada Nova a guerra com o prefeito continua. Vamos ver quem tem mais força, disse Dorlinda.

Pobre Morada Nova proibida de ter poesia na feira de sábado, pensa Rosalina, ainda num banco da praça do coreto, ainda temerosa de que a Olímpia não lhe abra a porta, afinal, tem parecença com a tia Felícia. Ela também sofre do mal de águas represadas.

E de súbito, como se o mundo inteiro dependesse da sua coragem para sobreviver, como se tudo no planeta Terra contasse apenas com a filha única da Dorlinda, Rosalina se levanta e caminha resoluta em direção à casa verde. Aproxima-se do portão de madeira. Vê o cadeado trancado.

Respira fundo e bate palmas.

Faz uma pausa. Morde os lábios.

Bate palmas.

Faz uma pausa. Ajeita os óculos.

Bate palmas.

Faz uma pausa. Suspira.

Bate palmas.

Uma das janelas se abre e ela vê uma moça de cabelo preso num coque no alto da cabeça. Você é de quem? E o que deseja? Meu nome é Rosalina. Rosalina de quem? Insiste a moça.

Em Morada Nova ninguém se apresenta dizendo apenas o nome, todo mundo é de alguém, é necessário que a pessoa explique de quem ela é filha, de quem ela é neta, apontando até os nomes de bisavós, de preferência, então Rosalina sorri, respira fundo e desfia: sou a Rosalina da Dorlinda da Alice do Olinto do Paulo. A moça repete, devagar: Rosalina da Dorlinda da Alice... Rosalina completa: do Olinto do Paulo. Rosalina da Dorlinda da Alice do Olinto do Paulo, a moça repete, agora segura de que decorou o nome da visitante, que diz: preciso conversar com a dona Olímpia sobre a dona Engrácia Maria do Rosário. Sou jornalista e vou escrever uma reportagem sobre a fundadora da cidade, uma reportagem muito importante que será publicada em todos os jornais do Brasil, porque Morada Nova está na crista da onda.

Inventou rápido. Bem provável que "reportagem muito importante que será publicada em todos os jornais do Brasil" faça a dona Olímpia dar ousadia para que ela entre na casa verde, converse à vontade, tenha nas mãos o extraordinário caderno de recordação e o leia por inteiro.

A moça desaparece da janela, decerto vai ver se a dona Olímpia deseja atender. A moça deve imaginar que sim, ela vai atender, afinal, reportagem muito importante que será publicada em todos os jornais do Brasil. A do coque no alto da cabeça demonstrou entusiasmo. Rosalina bem que percebeu o sorriso e o olhar faiscante.

Diante do portão trancado a cadeado, Rosalina espera.

Espera.

Ajeita os óculos.

Morde os lábios.

Espera.

Acaba se sentando no degrau de cimento em frente ao portão.

Fica olhando para o coreto na pracinha.

Morde os lábios.

Ajeita os óculos.

Suspira e espera.

Um rapaz passa de bicicleta e olha para ela. É bonito. Rosalina fica olhando para ele, que diminui a velocidade e entorta o pescoço, continua olhando para ela, até desaparecer na esquina. Mas é como se o olhar dele jamais desaparecesse. Um instante assim, com um olhar assim, nunca mais vai desaparecer. Rosalina sente o coração bater mais acelerado. Sente as pernas tremerem. Já sabe que verá outra vez o rapaz da bicicleta. Já sabe que vai namorar o rapaz da bicicleta. Não sabe o nome dele, onde mora, de que coisas gosta e desgosta, mas sabe que ele já é indispensável. Simplesmente porque passou de bicicleta e ficou olhando para ela, que susteve o olhar nos olhos, no rosto negro dele. Não precisavam de mais nada para o compromisso mágico. Desde criança, Rosalina tem esses compromissos mágicos. Assim de repente, sem nenhum planejamento, acasos se tornam compromissos mágicos.

Tira a mochilinha das costas, abre-a e pega o celular. Vê que já se passou bastante tempo. Guarda o celular, torna a pendurar a mochilinha nas costas, levanta-se do degrau de cimento e pensa em desistir, deixar para outro dia, faz muito calor e o sol bate forte na cabeça. Esqueci de pegar um boné, que raiva, ela diz em voz alta, e ao mesmo tempo ouve a moça gritar da janela: aguarde só mais um tiquinho, ela está terminando o banho e já vai falar com você.

Mexer com o sentido das coisas pode trazer compromissos mágicos? Ou são os compromissos mágicos que mexem com o sentido das coisas? Rosalina fica se perguntando, enquanto aguarda. E sorri.

Vem a moça do coque no alto da cabeça. Está de uniforme branco, deve ser enfermeira. Atravessa o alpendre, desce pela pequena escada e vem se aproximando solerte. Abre o cadeado do portão. Olha para Rosalina e diz, toda atenciosa: desculpa a demora, mas a dona Olímpia estava entrando no banho, quando você chegou. Eu compreendo, diz Rosalina. Que bom que ela pode me atender! A matéria tem que sair em breve, o jornal está me cobrando urgência, sabe?

Os olhos da enfermeira ficam mais faiscantes. Pode entrar, por favor. Obrigada. Que alpendre mais agradável! Sim, aqui é sempre fresquinho, diz a moça do coque no alto da cabeça. Nossa, que porta majestosa! Entre e fique à vontade, viu? Nossa, que sala! Estou encantada. A enfermeira oferece um sofá lindo e confortável, além de dizer: vou pedir para a Almira coar um café para vocês. Vou providenciar biscoitos também. A dona Olímpia almoçou muito cedo e já deve estar querendo merendar. Você toma café? Ou prefere chá? Café está perfeito. Preciso ficar acesa para escrever a matéria. O chefe de redação é exigente e eu gosto de dar o melhor de mim.

Ao sentar-se no sofá, é como se não precisasse de mais nada, de tanto conforto que experimenta. É como se o sofá da casa verde fosse o lugar onde ela deveria descansar para sempre, sem necessitar de qualquer outra coisa. Apenas aproveitar a maciez sob o corpo inteiro. Fechar os olhos e não querer mais nada. Um pequeno compromisso mágico.

Abre os olhos, ao ouvir passos vindos do corredor.

Boa tarde, Rosalina. Dona Olímpia do Jacinto da Vicentina do Pedro vem vindo e olha firmemente para ela. Em seguida, pergunta: para qual jornal você trabalha? Rosalina a imaginara muito mais velha e até um pouco decrépita, mas a dona da casa, apesar de andar devagar, tem um ar jovial e as muitas rugas no rosto são menos salientes do que os olhos verdes. A Olímpia da casa verde tem os olhos verdes. Bem boa a coincidência, pensa Rosalina, se levantando e estendendo a mão direita, em um cumprimento que Olímpia corresponde com visível inquietação.

Boa tarde, obrigada por me receber, dona Olímpia, o jornal é o Tribuna Mineiridade, inventa rápido. Nunca ouvi falar desse jornal, mas pode sentar-se, por favor. É um jornal do centro-oeste mineiro, bem famoso, mas tem gente que ainda não conhece, ela desfia o novelo, enquanto volta a se acomodar no melhor sofá do mundo.

Olímpia vai se sentando diante dela, num sofá maior. Rosalina percebe que ela faz isso com um pouco de dificuldade, parece ter dor nos joelhos, mas consegue disfarçar, não geme, faz é sorrir com os olhos verdes. Muito interessante o que está acontecendo, pensa Rosalina. Em Morada Nova todo mundo diz que a Olímpia do Jacinto da Vicentina do Pedro não gosta de receber visita e terminantemente se nega a dar informações sobre o caderno de recordação da Engrácia Maria do Rosário, mas bastou eu falar em matéria no jornal, pronto, olha aí a dona Olímpia toda airosa.

Não trouxe um caderno de anotações? Não, senhora. Costumo gravar no celular. A senhora se importa? Me importo. Não quero a minha voz gravada em celular. A Dirce me disse que você é a Rosalina da Dorlinda da Alice do Olinto do Paulo. A Dorlinda é professora em Dores do Indaiá, não é mesmo? Sim, a minha mãe é professora... Vem logo, Dirce! Traz logo o café com biscoitos para a nossa visita. Eu dispenso, estou sem fome, mas a nossa visita deve querer. Vem logo, Dirce! Já estou indo, dona Olímpia, avisa a Dirce, a moça do coque no alto da cabeça, que vem se aproximando lépida, com uma graciosa bandeja nas mãos. Você se formou em jornalismo, que maravilha! Onde foi que estudou? Em Belo Horizonte. Folgo em saber. Pode se servir à vontade, os biscoitos de queijo estão fresquinhos. Nossa, estão bonitos e cheirosos, dona Olímpia, muito obrigada. Eu prefiro métodos antigos, Rosalina, um caderno de anotações é material imprescindível, a meu ver. Está bem, mas, por falar em caderno de anotações, dona Olímpia, me diga, a senhora vai permitir que eu leia o caderno de recordação da Engrácia Maria do Rosário?

Dona Olímpia fica olhando para ela, muito séria.

Algumas pessoas já me pediram isso, mas eu me nego a mostrar. Rosalina come um bom pedaço de biscoito de queijo e engole um pouco de café. Faz uma pausa. Come mais um bom pedaço e engole mais café. Outra pausa. Em seguida, diz: para a matéria no Tribuna Mineiridade ficar realmente completa, preciso ler o caderno de recordação da fundadora da cidade.

Você vai direto ao ponto, Rosalina, que bom, vou direto ao ponto também. Recebi você em minha casa, porque tinha curiosidade em conhecer a neta do Olinto do Paulo, apenas isso. Nunca recebo ninguém, sou avessa a fazer sala para gente indaqueira. Rosalina quase se engasga com o biscoito de queijo. A senhora...

Fui noiva do Olinto do Paulo, mas ele preferiu se casar com a Alice.

Eu não sabia disso, dona Olímpia. A minha mãe nunca me disse... A Dorlinda nunca soube disso, não tinha como ela comentar com você. Sempre fui muito discreta e reclusa, fiquei noiva do Olinto em segredo, não queria espalhar a notícia. No entanto, quando eu já estava pensando que ele iria marcar o casamento comigo, todo mundo começou a comentar que ele tinha ficado noivo da Alice. Ele tinha espalhado a notícia de que estava noivo da Alice, entende? Ele era muito falastrão, muito noticeiro, zombou da minha discrição, do meu apreço pelo segredo. Caçoou de mim.

Rosalina come todo o resto dos biscoitos de queijo. Esvazia o bule de café. Observa o antigo bule de louça, um primor de bule branco enfeitado de florezinhas pintadas a mão. Não tira os olhos do bule agora vazio.

Quando a Dirce me disse o seu nome, eu quis conhecer a neta do Olinto do Paulo. A neta da minha rival Alice. Agi por impulso e por uma curiosidade que até me surpreendeu, sabe? Mas, como sempre, não estou disposta a conversar, muito menos disposta a mostrar o caderno que vai continuar muito bem guardado. Esse caderno é a minha vingança.

Rosalina se prende à frase "a Dirce me disse", acha sonora e bonita, mas a frase "esse caderno é a minha vingança" toma-a por inteiro, como se uma frase pudesse resumir toda a história de uma pessoa, como se uma frase fosse o retrato mais verdadeiro da pessoa, como se uma frase fosse a pessoa.

Obrigada pela visita, diz dona Olímpia, sem se levantar do sofá. Gostei de conhecer a neta do Olinto do Paulo, é inteligente e divertida, ainda não se formou em jornalismo, claro, deve ter no máximo uns quinze anos. Parabéns pelo nome Tribuna Mineiridade, até que calhou, mas eu já tenho muitos anos de Alto São Francisco, não me deixo enganar tão facilmente. Gostei da ousadia, no entanto. Pelo jeito, gostou bastante dos biscoitos de queijo e do café da Almira. Dirce, por favor, pode levar a bandeja.

A moça do coque no alto da cabeça fica olhando para Rosalina, desajeitada e desapontada com o final intempestivo da visita, decerto tivera esperança de que a dona da casa melhorasse da mania de isolamento; Dirce é enfermeira e quer que os pacientes recuperem a saúde.

Eu que agradeço, diz Rosalina, se levantando, não sabendo mais o que falar, mas não se sente sem rumo. Acabara de descobrir que Olímpia do Jacinto da Vicentina do Pedro age por vingança e isso é muita coisa para uma tarde de sol em Morada Nova, uma tarde que teve biscoitos de queijo e café, uma tarde de uma noiva que foi pisada e amassada, uma tarde em que a Dirce me disse que Rosalina um dia vai namorar o rapaz da bicicleta.

TERCEIRO PASSO

Ao entrar na sala do café da manhã, vê a Maria do domingo. É alta e cheia de corpo, blusa decotada e seios volumosos, quadris largos, cabelo preso numa fita roxa. Há dois homens terminando de tomar o café, parecem apressados, cumprimentam Rosalina e em seguida se despedem: até a volta, Maria das Flores!

Rosalina pega um prato e o enche com duas bananas e meio mamão papaia. Bom dia, Maria das Flores.

Maria do domingo sorri para ela: bom dia, mas você é de quem? Chegou anteontem, não foi? Eu estava em Biquinhas, voltei de lá ontem à noite. Ah, sim, muito prazer, sou a Rosalina da Dorlinda da Alice do Olinto do Paulo. Uma pausa. Ajeita os óculos. Já conheço a Maria dos Remédios e a Maria de Lourdes. A minha mãe me contou que a cada dia a pousada fica por conta de uma Maria e isso é uma gostosura de se pensar. Sete dias da semana, sete Marias, estou encantada.

Maria das Flores continua sorrindo e diz: seja bem-vinda, viu? Com licença, vou buscar mais leite na cozinha. Rosalina começa pelas bananas. Descasca devagar e come devagarzinho. Depois, dá fim ao mamão, mais lentamente ainda, passando a colher bem rente, mal se desfazendo apenas da casca fininha do mamão papaia. Em seguida, pega outro prato e põe dois pedaços de bolo de milho, um pão francês e três fatias de queijo. Não almoçara no dia anterior e hoje vai fazer questão de se alimentar bem. Espera a Maria das Flores voltar com o leite quente.

Fica se lembrando que esteve com dona Olímpia e tia Felícia, duas mulheres que não gostam de receber visita. O que fará para mudar a história dessas duas? Pois não se conforma em vê-las afogadas nas águas da represa de Três Marias. Ela é a viajante dos compromissos mágicos e tudo fará para puxá-las pelos braços, nadar com toda a força até retirá-las das águas, para que voltem a respirar com segurança e ânimo na areia do rio São Francisco.

Olha o leite quentinho! Vem anunciando a Maria das Flores, balançando os seios sob o decote da blusa. Sirva-se à vontade, menina, está muito magrinha, viu?

Obrigada, estou com fome, mas me conta, Maria das Flores, o que você sabe sobre a Engrácia Maria do Rosário? A Maria do domingo parece se espantar com a pergunta. Sei quase nada, menina. Quem tem coisa ou outra de importância sobre ela é a dona Olímpia do Jacinto da Vicentina do Pedro. Rosalina ajeita os óculos. Estive ontem com a dona Olímpia. E não conseguiu nada, aposto, a dona Olímpia se sente a dona dos documentos, não mostra a ninguém.

E de súbito, Maria das Flores abre as comportas, solta palavras represadas, parece gostar da oportunidade oferecida pela hóspede: de igual outras pessoas na cidade, ela age contra a lei. Ninguém tem o direito de se achar dono de documentos importantes, a história de um lugar pertence a todo mundo, mas os poderosos endinheirados se arvoram em fazer a sua própria lei, não respeitam os outros pobres mortais, para eles não passamos de lheguelhés, tudo tem de ser conforme a conveniência deles, triste Morada Nova, triste Brasil.

Rosalina fica pensando na frase "a história de um lugar pertence a todo mundo". Olímpia do Jacinto da Vicentina do Pedro age de modo autoritário e fica por isso mesmo, ninguém de fato questiona o comportamento da moradora da casa verde, ninguém tem coragem de exigir que ela disponibilize os papéis, principalmente o precioso caderno de recordação. Com certeza ela é da família que manda na política por essas bandas do Alto São Francisco.

De um modo ou de outro, Olímpia e Felícia impedem que outras pessoas abram livros e cadernos. E será ela, Rosalina, que mudará o curso dessas águas? Que compromisso complicado! Rosalina bebe o café com leite e observa Maria das Flores, que não para de andar de lá para cá, ajeita uma travessa de roscas, um porta-guardanapos, uma cestinha com talheres.

Cada momento é crucial, pensa Rosalina, e assim que Maria das Flores se aproxima de novo, revela: quero muito ler o caderno de recordação da Engrácia Maria do Rosário, sabe? Vim aqui para isso. Não vou embora sem ler esse caderno. Maria das Flores arregala os olhos. Determinada, hem? Olha, vai ser um milagre de Nossa Senhora do Loreto, se realmente conseguir.

Vai ser um milagre no sentido de acontecimento formidável, de coisa que provoca surpresa e admiração, pensa Rosalina, que gosta de mexer com o sentido das coisas. Mas não vim apenas para isso, Maria das Flores! Não me conformo de ver a minha tia entulhada com os móveis da família. Quem é mesmo a sua tia? A Felícia da Alice do Olinto do Paulo, explica Rosalina. Maria das Flores cruza os braços e meneia a cabeça. Eita, menina. Sei muito bem quem é. Aquela lá eu acho ainda mais complicada. Rosalina termina de engolir um pedaço de bolo e ajeita os óculos. Mais complicada que a dona Olímpia? Por que pensa assim?

Maria das Flores puxa uma cadeira e se senta ao lado de Rosalina. Com as mãos de unhas pintadas de roxo, fica alisando o forro da mesa. E diz: ela é sua tia, irmã da sua mãe, parente é afluente cheio de rejeitos, vem trazendo tragédia. Só para ouvir essa explicação já valeu a pena este domingo, pensa Rosalina. E comenta: concordo, com parente é tudo mais dificultoso. Te desejo boa sorte, viu? Maria das Flores se levanta, ao ver que se aproxima outro hóspede. Bom dia, seu Agenor, dormiu bem? O homem é baixinho e gordo, põe o chapéu na chapeleira antiga, bom dia, Maria das Flores, dormi muito bem, obrigado, puxa uma cadeira do outro lado da mesa, perto da janela, de lá cumprimenta Rosalina, apenas inclinando a cabeça e falando baixo: bom dia, moça.

Depois da deliciosa rosca de trança polvilhada de coco ralado e mais café com leite, Rosalina se levanta, diz, um bom-dia para vocês, obrigada, Maria das Flores, e volta ao quarto, para escovar os dentes e se preparar para ir mais uma vez à casa da rua Engrácia Maria do Rosário.

$$\ast$$

Desta vez, não aparecem os gatos no portão e a filha mais velha da Alice não demora a vir abrir.

Vou ter que te aguentar por quanto tempo? Ela pergunta, depois de trancar de novo o portão e seguir em direção à porta principal da casa. Rosalina vai atrás, fotografando com o celular alguns detalhes do jardim. E sem que a tia note, fotografa-a de perfil, o cabelo branco quase atingindo a cintura, a mesma saia preta e a mesma blusa branca de ontem, os chinelos tronchos, os pés encardidos. A tia continua sem tomar banho. Já pensou se ao revelar a foto, viesse também o fedor de inchaca?

Vamos ficar no jardim, sugere Rosalina, guardando o celular na mochilinha e de novo pendurando-a nas costas. O sol está pelando e aqui no jardim está fresquinho. Corre para o balanço num pé de manga. Ajeita os óculos e fica a se balançar com força, olhando para a tia que está em dúvida se vai para dentro de casa ou para um banquinho de madeira perto do tanque.

Rosalina não para de se balançar. Tia Felícia, embora com a feição de desconforto e má vontade, se senta no banquinho.

Não sei o que veio fazer aqui. Vim me balançar, tia, não está vendo? Grande coisa se balançar. Pequena coisa, tia, mas deliciosa. Hoje é dia de balanço da nossa empresa familiar, ela acrescenta, não perde a oportunidade de mexer com o sentido das coisas. Tia Felícia a provoca: deselegância você vir me visitar e não trazer um presente. Visitas trazem presentes! A sua mãe não te ensinou isso? Rosalina interrompe o balanço, finca os pés no chão e ajeita os óculos.

Tem presente de todo tipo, tia. A senhora vai ganhar o seu. Aguarde. Rosalina fica pensando no assunto e volta a se balançar com força. Vou ter que te aguentar até quando? Me diz, menina. Você me tirou do sossego. Rosalina grita do alto do balanço: hoje é domingo, tia, vim para desassossegar a senhora e vou ficar até quinta-feira!

A filha mais velha da Alice conta nos dedos, do mindinho até o polegar, domingo, segunda, terça, quarta, quinta. E grita: mais cinco dias de visita, que martírio! Rosalina solta uma risada, ajeita os óculos e se balança mais forte e mais alto.

Não estou vendo os gatos hoje, comenta Rosalina. E a tia revela: tem dia que eles somem, mas de noite estão sempre aqui. Você gosta mesmo de gatos? Prefiro cachorros, mas, de ontem para hoje, tia, não sei dizer o motivo, os gatos não me saem da cabeça. Acho que o seu jardim é mágico. Lá vem você com ministério de poesia! É mesmo filha da Dorlinda. Rosalina acha tranchã a expressão "ministério de poesia".

De repente, começa a ventar. As árvores danam a se mover com vigor. Poeira e folhas secas quase escurecem o jardim inteiro. Rosalina pula do balanço e toma a tia pelas mãos, porque ela quase levou um tombo ao se levantar. Com os olhos quase totalmente fechados, para evitar que ciscos a impeçam de enxergar o caminho, Rosalina vê que tia Felícia fechou os olhos e agora depende dela, está em suas mãos.

O vento se torna mais forte e Rosalina, guiando a tia pelas mãos, aproxima-se do tanque. Observa a mangueira na torneira do tanque. Pensa na mangueira árvore e na mangueira que esguicha água. Ela gosta de pensar no sentido das coisas. Do bolso de trás da calça jeans, ela tira um pequeno sabonete.

Assim como de repente veio o vento, de repente para de ventar. Tia e sobrinha estão cobertas de poeira e folhas secas. Rosalina solta as mãos da tia, retira os óculos e a mochilinha, deixa-os numa enorme raiz do pé de jatobá, abre a torneira sem olhar para a tia, pega a ponta da mangueira e se vira de frente para ela, joga água sobre a tia, da cabeça aos pés, joga sem cerimônia, sem dar importância aos gritos dela, e joga água também em si mesma, da cabeça aos pés, joga com vontade, joga rindo alto, e joga de novo muita água na tia, da cabeça aos pés, sem parar de rir alto.

Num instante, desliga a torneira e tira a saia preta da tia, tira a blusa branca da tia, que está sem sutiã e sem calcinha, tira também sua própria roupa, a blusa, o sutiã e a calça jeans, tira a calcinha, tira o tênis, tira os chinelos da tia, começa a passar sabonete na filha mais velha da Alice, da cabeça aos pés, passa com cuidado, sem parar de rir alto, passa sabonete em si mesma também, da cabeça aos pés, e não para de rir, e ri ainda mais alto ao abrir de novo a torneira e jogar água na tia, que começa a rir. As duas não param de rir e continuam a tomar banho, nuas, no jardim da frente da casa.

Por sorte, não passa ninguém na rua a essa hora da tarde de um domingo, comenta tia Felícia instantes depois, quando tia e sobrinha já se enxugaram e, sentadas diante da mesa da cozinha, se veem enroladas em toalhas. Fazia quanto tempo a senhora não tomava banho, hem, tia? Uns quinze dias, mais ou menos, e você não tem nada com isso. E pelo jeito, a senhora só usa aquela saia preta e aquela blusa branca. Sou econômica com sabão e água. A senhora já estava fedendo, sabia? Sabia. E achava que por isso você não voltaria.

Estou com fome. Mata João Gome e come. A senhora vai almoçar o quê? Não te interessa, menina, vai embora. A senhora riu na hora do banho, agora fechou a cara de novo. O banho foi bom e engraçado, tenho que admitir, mas agora vai embora, vai. Sair de toalha no meio da rua? A minha roupa está molhada. Pega uma vestimenta qualquer no meu guarda-roupa. Posso mesmo entrar no seu quarto? É o último à esquerda no corredor, vai lá e escolhe uma vestimenta para você e outra para mim.

Entrar no velho quarto da tia. Abrir o guarda-roupa dela. Escolher uma vestimenta para ela e outra para a tia.

A palavra vestimenta faz com que Rosalina tenha absoluta certeza de que vai matar a tia. É preciso matar essa filha da Alice que fala vestimenta, mas que não gosta de receber visita e tranca, em armários envidraçados, magníficos livros da família.

Atravessa o corredor de tábuas escuras e entra no último quarto à esquerda. Vê a cama, a penteadeira, a cadeira estofada de cetim vermelho, o guarda-roupa, o tapete, a janela trancada. Tudo muito escuro. Tudo muito cheirando a mofo.

Abre a janela.

Ao abrir o guarda-roupa, a naftalina se sobrepõe ao mofo. É tanto casaco, tanto vestido, tanta saia, tanta blusa, mas tia Felícia detesta trocar de roupa, veste uma só durante dias e dias, bem que Dorlinda falou, e hoje Rosalina teve a comprovação. Vou escolher vestidos, ela decide. Há muitos. Compridos e até os joelhos. De uma cor só, listrados, estampados, cheios de flores, quadriculados, de bolinhas, xadrezinhos. Até difícil escolher.

Para a tia, pega um com a barra que decerto vai ficar acima dos joelhos, gola bordada, cintura bem marcada, listradinho de azul e branco. Para ela, um com a barra até os pés, sem cintura marcada, bem soltinho, florido de amarelo, azul e rosa.

Olha mais uma vez cada móvel do quarto, fecha de novo a janela e sai com os vestidos nos braços. Antes de ir para a cozinha, pensa em entrar na sala dos armários cheios de livros. Os armários com suas portas envidraçadas. Os livros com suas páginas trancadas.

Imagina-se com a chave na mão.

E abre as portas e abre os livros.

Mas isso vai ficar para outro dia.

Tia Felícia quer trocar, prefere o vestido comprido, mas Rosalina argumenta que o ideal é vestir justamente o que não gostaria de vestir, apenas com o intuito de teimar consigo mesma e possibilitar um revés. Eu, hem, que embondo é esse de a gente teimar com a gente mesma e possibilitar um revés? É um embondo revolucionário, tia. Ou, imitando a senhora, é um ministério de poesia.

As duas se olham no espelho de uma das cristaleiras da cozinha.

Com o vestido listradinho de azul e branco, cintura bem marcada, gola bordada e barra acima dos joelhos, tia Felícia fica parecendo uma moça.

Com o vestido sem cintura marcada, bem soltinho, florido de amarelo, azul e rosa, barra batendo nos pés, Rosalina fica parecendo uma senhora.

As duas continuam se olhando.

De repente, a tia fala: vamos fazer macarronada? Tem tomate e cebola na geladeira. Tem pimenta dedo-de-moça e manjericão. Tem queijo ralado, tia? Tem, sim, sempre tem. E ovo caipira? Claro, tem ovo caipira. Morro de preguiça de criar galinha, mas o Palito sempre traz as compras para mim. Conhece o Palito da mercearia? Já está bem velhinho, mas continua todo sacudido-sai-cedo, magrinho que só ele.

E não é que a geladeira de fato tem ovo, queijo ralado, cebola e tomate? E tem macarrão no guarda-comida.

Durante o resto da tarde, tia e sobrinha mexem com as panelas e as colheres, com os pratos e os panos de prato, cozinham e almoçam juntas. Rosalina queria usar o fogão de lenha, mas a tia foi taxativa: nunca mais vou usar isso! Dá mais trabalho, eu sei, tia, mas de vez em quando é bom e hoje eu ajudaria a acender o fogo. Nunca mais vou usar isso! A filha única da Dorlinda: está bem, vamos de fogão a gás, tia, vamos à nossa macarronada!

Quando já é quase noite, Rosalina diz: ontem visitei a Olímpia do Jacinto da Vicentina do Pedro. E tia Felícia: a mulher mais metida e mais exibida de Morada Nova. Ela se acha a dona de Morada Nova. É um purgante a Olímpia!

A senhora sabia que ela foi noiva do vô Olinto? Noiva do Olinto é seu nariz! Verdade, tia, a própria dona Olímpia me contou ontem. Eita, eu nunca soube disso! Pois é, a minha mãe também nunca me falou desse detalhe. Sem saber, a vó Alice era a rival da dona Olímpia.

Por mais meia hora, tia e sobrinha conversam sobre a família. Num dado momento, a tia diz: não esquece de levar a sua roupa molhada, por favor. Trata de lavar na pousada. Eu sou econômica com sabão e água.

Uma tia assim tem que ser assassinada.

✦

À noite, Rosalina estatuada em frente à casa verde da rua Célia Francisca de Oliveira. O portão trancado a cadeado. Portas e janelas cerradas. Não convém bater palmas a essa hora, a dona Olímpia tomaria preguiça dela para sempre. Vai ter paciência e voltar amanhã, segunda-feira, dia mais propício. Então ela se senta no degrau do portão e fica observando a praça do coreto. Alguns homens, sentados em bancos de cimento, conversam e riem alto. Com a mochilinha nas costas, sacola com a roupa e os tênis molhados, vestido comprido sem cintura marcada, bem soltinho, e velhas sandálias de dedo da tia, Rosalina se lembra do rapaz da bicicleta. Seria tão cinema se ele aparecesse de novo agora! Mas imagina que o verá de repente, quando menos esperar, como diz a Dorlinda. Saudade da Dorlinda. Deve estar lendo algum romance a essa hora.

Rosalina aprecia ficar assim à toa, observando as coisas, sem compromisso. É assim sem compromisso que mais acontecem os compromissos mágicos.

De repente, ouve uma voz conhecida e barulho de chave e cadeado. Levanta-se num pulo e gira o corpo. A moça do coque no alto da cabeça olha para ela e sorri. Insistente você, hem? Estou gostando de ver. Mas hoje, nem pensar, a dona Olímpia já foi dormir.

E não é de ver que Dirce se senta no degrau, disposta a conversar um pouco? Rosalina fica radiante. Torna a se sentar e fica olhando para o anel na mão direita da Dirce. Nossa, que lindo esse anel! Gostou mesmo? Comprei na feira hippie de Belo Horizonte. Você já foi lá? É na avenida Afonso Pena, ao lado do Parque Municipal. Ainda não fui, mas tenho muita vontade de ir, dizem que lá é muito bom. Lá é ótimo, menina, você precisa conhecer e fazer umas comprinhas! Toma, esse anel é seu. Depois eu compro outro para mim. Não, por favor, de jeito nenhum. Já é seu, olha, Dirce enfia o anel no dedo dela. Está um pouco folgado, mas não faz mal, vou ajustar, espera, ele pode ser ajustado aqui, ó, está vendo? Muito prático e lindo, não é mesmo? Muito obrigada, Dirce, mas não precisava se desfazer dele. Você gostou tanto, menina! Eu botei reparo que você adorou! Então eu fico muito feliz em te dar de presente, está bem? Vou sempre a Belo Horizonte, vai ser mamão com açúcar eu comprar outro para mim, não se preocupe.

Rosalina fica olhando para o anel no dedo. É todo de marcassita, com pequeninas pedras brilhantes. Muito obrigada mesmo, ela diz, encantada com o súbito presente. De nada, boba. Mas me diz, vai mesmo insistir com a dona Olímpia? Ela é osso duro de roer. Nunca mostrou o caderno para ninguém, o tal vive trancado numa das gavetas da penteadeira do quarto dela.

Rosalina respira fundo. Sempre imaginou que o célebre caderno ficasse guardado no escritório da casa. Estar numa gaveta da penteadeira do quarto é sinal de que Olímpia tem mais intimidade com ele do que pensava. Morde os lábios. Ajeita os óculos e diz: você tem certeza de que o caderno fica numa das gavetas da penteadeira? Dirce cruza os braços e estende as pernas, apoiando as costas no portão. Plena certeza. Já vi a dona Olímpia tirando e guardando o caderno algumas vezes. Ah, então ela costuma ler o caderno, vez ou outra. Costuma, sim, parece que gosta muito do que está escrito nele. E você nunca tentou ler o caderno, Dirce? Nunca tive curiosidade e prefiro respeitar a esturdice dela. Que estranho isso! Fosse eu, ficaria acesa para saber o que está escrito num caderno que alguém esconde de mim.

Na praça os homens riem alto, parece que um deles está servindo de chacota para os outros, mas não se aborrece, dana a rir também.

Sei lá, prefiro deixar quieto. Me sinto melhor assim. Trabalho para ela faz dois anos e sou muito bem tratada, sabe? Meu salário é excelente e eu não quero viver um dissabor.

A palavra dissabor. A enfermeira agora não é só a moça do coque no alto da cabeça, é também a que não quer viver um dissabor. Rosalina fica olhando para o anel de marcassita. Não é único presente da noite. Ganhara também a palavra dissabor. Fazia tanto tempo que não a ouvia! Ela tem saudade das palavras abandonadas. Das palavras esquecidas. Das palavras mortas e enterradas. Algumas são ressuscitadas, ganham vestimenta nova e outras, jamais esquecidas, são esmagadas por um sentido traiçoeiro. A palavra verdade, por exemplo. Nos dias de hoje, há muita mentira que se diz verdade, se ostenta todinha como verdade, mas basta que se preste mais atenção para se ver que é a mais descarada mentira. Nas mais das vezes, não é mamão com açúcar amar as palavras.

Vou torcer muito para que você leia o caderno, viu? Não conte comigo, não vou te ajudar nisso, mas no meu íntimo vou querer demais que você tenha o caderno nas mãos, e tempo suficiente para ler ele do início ao fim. Rosalina retira os óculos e passa a barra do vestido neles, para tirar uma manchinha. Depois, ao colocá-los de novo sobre os olhos e ajeitar no nariz, confessa: estou meio desanimada, Dirce. A dona Olímpia me parece esperta e alerta além da conta. Ah, isso ela é mesmo, eita mulherzinha danada de inteligente, passa a perna em todo mundo, se quiser. Quando ela não gosta de uma pessoa, então, a baronesa estraçalha a pessoa, sem dó nem piedade.

Rosalina sorri com mais um presente. Baronesa? Por que baronesa? Ara, menina, a dona Olímpia é de igual uma baronesa. Nem sei direito o que é uma baronesa, mas pelo que sei, a dona Olímpia tem parecença com mulher casada com barão, sabe? Aqueles barões de antigamente aqui no Brasil, que compravam o título de nobreza, viravam gente importante por causa do dinheiro, coisa que ainda acontece, não é mesmo? Quem tem dinheiro tem poder no nosso Brasil varonil. A dona Olímpia é viúva de um dos homens mais ricos de Morada Nova! Herdou fazendas e mais fazendas espalhadas em Minas e Mato Grosso. Ela se chama Olímpia Fernanda Álvares Sampaio Rocha Guimarães da Veiga.

Nossa! Rosalina arregala os olhos. Para nós, menina, ela não passa de Olímpia do Jacinto da Vicentina do Pedro, Dirce comenta, rindo alto. A Vicentina não era de posses, mas se casou com o barão Pedro que, lá do jeito suspeito dele, fez muita fortuna. O Jacinto abocanhou toda a fortuna do pai. Se você acha a baronesa esperta e alerta, a família do marido era mil vez mais.

Passa uma mulher de bicicleta, levando uma pequena sacola de compras pendurada no guidom. Dirce descruza os braços, solta-os ao longo do corpo. Rosalina vê a mulher de bicicleta desaparecer do outro lado da praça. Fica pensando no rapaz da bicicleta. Será que vai mesmo reencontrá-lo? A vida é mágica. Mas também é trágica.

Já vou indo, levanta-se Dirce, estou um bagaço, preciso de um banho demorado e de uma bela noite de sono. Você não pernoita aqui? Pergunta Rosalina. Sim, mas hoje eu careço de uma benesse, pedi para a Almira me substituir, vou dormir em casa, hoje a dona Olímpia me deu trabalho demais, acho que a sua visita deixou a baronesa furiosa.

Te deu trabalho demais como, Dirce? Me explica. Diz Rosalina, envolta na palavra benesse. Significa condição favorável, ajuda, vantagem, entre outros sentidos. No caso da Dirce, parece ter o sentido de folga, um presente, uma dádiva, um agrado. E a Dirce: ela desembestou a andar de lá para cá dentro de casa, ficou me dando ordens sem pé nem cabeça. Por exemplo, exigiu que eu levasse o espelho do console para dentro do banheiro, espelho pesado e difícil de pendurar na parede. Exigiu que eu descascasse laranjas e enfeitasse o pescoço dela com rodas e mais rodas de cascas de laranja. Exigiu que eu cantasse cantigas de ninar para ela. Exigiu que eu contasse como foi a minha primeira vez com o meu namorado, olha só que inconveniência! Tive que falar dos mínimos detalhes. Alguns eu inventei, para ela ficar mais contente. Viúva faz um bom tempo, vai ver hoje ela precisou se lembrar de como as coisas acontecem.

Dirce ri alto, de pé, em frente a ela.

Rosalina, pega de surpresa, ainda imaginando a dona Olímpia com um colar de cascas de laranja no pescoço, começa a pensar no assunto "mínimos detalhes". Fica olhando para o anel de marcassita.

Uma coisa é certa, Rosalina. Você mexeu com os sentimentos dela. E eu torço para que você atinja o objetivo de ler o caderno, viu? Também espero que tudo isso seja bom para a saúde dela, principalmente a saúde da cabeça. Eu quero que ela se cure, sou enfermeira de vocação. Tchau, até outro dia!

Sem tirar os olhos da marcassita, Rosalina diz: mais uma vez obrigada pelo anel, Dirce. Até outro dia.

QUARTO PASSO

A Maria da segunda-feira vem trazendo uma cesta de vime com pães de queijo: acabaram de sair do forno! Que maravilha, diz Rosalina, sentada diante de uma mesa encostada à janela que dá para o jardim interno da pousada em que há muitos vasos de plantas e um caramanchão de buganvílias da cor de carmim.

Duas moças e dois rapazes também tomam o café da manhã. Conversam em voz baixa. Parecem combinar alguma coisa importante, mas se interrompem com a chegada dos pães de queijo, bom demais, vamos aos pães de queijo, minha gente, dizem eles, se levantando para se servirem. Enquanto espera a sua vez, Rosalina observa a Maria da segunda-feira.

Maria da Conceição tem estatura mediana, cabelo cacheado debaixo de lenço florido que vai da testa até o meio da cabeça, não é magra, mas também não é gorda, usa brinquinhos de ouro e batom quase preto de tão roxo. Depois de ver que as moças e os rapazes já estão pegando os pães de queijo, volta para a cozinha, dizendo, vou trazer mais água quente, sei que vocês gostam de chá, se referindo às duas moças.

Rosalina firma o olhar no jardim interno da pousada. São bonitos os vasos, os pés de fícus e o caramanchão de buganvílias. Há copos--de-leite também. Engraçado pensar que há copos de leite no jardim e copos de leite na sala do café da manhã. Cada um com as suas características. Rosalina gosta de mexer com o sentido das coisas.

Uma das moças parece meio gripada. Diz que vai tomar chá e um comprimido. Está com febre, diz a outra, pousando a mão na testa da colega. Voltam a se sentar e continuam a conversar em voz baixa.

Rosalina se levanta com um prato na mão. Enche-o de pães de queijo, deixa-o na mesa e volta para pegar uma xícara e se servir de café com leite. Ao se aproximar de novo da sua mesa, tropeça numa cadeira, quase derrama o café com leite, senta-se meio sem graça, vê que um dos rapazes notou a atrapalhação e riu. Vai rir da sua avó, ela pensa. E ato contínuo fica assuntando essa mania de as pessoas mandarem alguém rir da avó. Coitada da avó. Por que se manda rir dela? Rosalina, que não conviveu com a vó Alice, não acha engraçado esse embondo de mandar alguém rir da avó, mas vira e mexe repete a frase. Hoje, na pousada Sete Marias, ela conclui que o mais divertido é a pessoa rir de si mesma. Da próxima vez que tropeçar ou cair e alguém rir, ela vai rir mais alto ainda, por desaforo e diversão.

Está gostando do passeio em Morada Nova? Pergunta Maria da Conceição, aproximando-se e colocando na mesa uma cestinha de guardanapos. Sim, muito. Dores do Indaiá é bem maior, não é? Um pouco maior, sim. A Festa do Rosário é muito famosa lá, morro de curiosidade de ver como é essa festa, acontece todo mês de agosto, pelo que sei. Sim, sempre em agosto, e é uma festa linda! Um dia eu irei conhecer, mas fique à vontade, um bom-dia para você, diz a Maria da segunda-feira, afastando-se.

No jardim interno da pousada Sete Marias, aparecem vários bem-te-vis. Ficam sobrevoando daqui para lá, incansáveis, ágeis e irrequietos. Rosalina, sem tirar o olhar deles, mantém a xícara de café com leite na mão direita erguida quase à altura da boca, mas sem abrir a boca. Na mão esquerda, um pão de queijo pela metade também permanece quieto entre os dedos. Os bem-te-vis é que interessam agora. São tão familiares! Há sempre vários por onde ela vai. E se ela pudesse virar um bem-te-vi, de um momento para o outro, viver o destino de um bem-te-vi, nem que fosse por alguns instantes mágicos? Ia ser fascinante. Mas, espera aí, ela pode ser um bem-te-vi. Ela começa a se imaginar bem-te-vi. Com a xícara de café com leite na mão direita e na esquerda um pão de queijo pela metade, ela se torna um bem-te-vi. Sobrevoa o caramanchão de buganvílias, os pés de fícus e os copos-de-leite. Sente a felicidade e a inquietação do frágil coração de um bem-te-vi. Pensando bem, conclui, a vida não é mais que isso, a vida é delicada, a vida não passa de um frágil coração de bem-te-vi.

O café com leite esfria. As moças e os rapazes saem. Maria da Conceição entrega a chave a uma nova hóspede.

Tem um bem-te-vi de óculos no jardim.

Ao se ver de novo na casa da rua Engrácia Maria do Rosário, a primeira providência é observar as cento e quarenta e quatro cadeiras espalhadas pelas varandas. Com pedaços de pano surrados, mas limpos, que ela retirou de um armário da área de serviço, Rosalina começa a limpar cada cadeira, devagar e caprichosamente. Passa pano úmido e em seguida encera cada uma, para que todas voltem a brilhar. Hoje a tia Felícia está em dia de silêncio, toda segunda-feira ela faz um dia inteiro de silêncio, não conversa com absolutamente ninguém, abriu o portão para ela e gesticulou que estava em águas caladas, que a sobrinha ficasse à vontade, mas a tia permaneceria silenciosa e não sairia do quarto.

De certo modo, vai ser muito bom, pensa Rosalina. Poder zanzar à vontade pela casa, comer e beber o que houver, mas que pena que os armários de livros continuam trancados e a tia esconde a chave.

Enquanto vai cuidando das cadeiras, são cento e quarenta e quatro, vai levar muito tempo, Rosalina se lembra da mãe, a Dorlinda da Alice do Olinto do Paulo, mas poderia ser a Dorlinda do Henrique. Não foi possível, o casamento durou pouco, Dorlinda não suportou o marido que, assim que se viu casado, passou a proibi-la de ir ao cinema, conversar com amigos, dar e receber telefonemas, ler livros, se maquiar, ir ao cabeleireiro, usar roupa curta e blusa decotada, usar salto alto, rir alto, dizer que o Chico Buarque é bonito. Dorlinda ainda se esforçou para manter o casamento, evitou desagradar, se absteve de fazer as coisas com as quais Henrique implicava, mas aos poucos foi chegando à conclusão de que estava quase morrendo de tristeza.

Ela já estava com o mal de águas represadas, pensa Rosalina, ainda bem que não se conformou. Exigiu o divórcio. Henrique não queria aceitar, mas Dorlinda não abriu mão de voltar a ler os livros que pretendesse ler. De assistir aos filmes que lhe apetecessem. De usar o que desse vontade de usar. De viver o que quisesse viver. Pagou sozinha os custos do divórcio, foi um preço pequeno diante da alegria da liberdade. Quando casada, não podia nem conversar com os alunos! Com as alunas, tudo bem, mas com os rapazes, de jeito nenhum, dizia o marido, a não ser dentro da sala de aula, com a turma inteira presente.

Rosalina tinha três anos quando houve a separação. Lembra-se vagamente do pai morando com elas, a única cena mais nítida é ela estar dormindo num sofá e o pai colocá-la nos braços, levar pelo corredor e em seguida acomodá-la na cama. Essa imagem do sono leve, ser carregada pelos braços do pai, não se desvanece nunca. Hoje em dia, ele está casado de novo e mora em Uberaba. Duas vezes por ano, ela vai visitá-lo. A atual mulher, Regina do Henrique, é submissa e caseira, só faz o que o marido permite, parece estar feliz assim. Vez ou outra, Rosalina toca no assunto que provocou a separação e Henrique diz, categórico: a sua mãe não nasceu para o casamento.

Limpando e encerando cadeiras, Rosalina não para de pensar. Enquanto tia Felícia faz dia de silêncio, ela faz dia de faxina em diferentes sentidos. Ainda não sabe se nasceu para o casamento, mas imagina que um bom casamento não tem nada a ver com a perda de liberdade. Sem liberdade, nada é digno de beleza. E por que a perda de liberdade é imposta sempre à mulher?

Ao fim do trabalho com as cadeiras, bate na porta do quarto da tia e pergunta se ela precisa de alguma coisa, se quer que prepare algo na cozinha, se gostaria que a sobrinha lesse em voz alta páginas de algum livro para ela.

Imagina que a tia escreverá a resposta num papel e o passará por debaixo da porta.

Passam-se vários minutos. Nenhuma resposta. Será que a tia enfezou de vez, por ela ter se referido à leitura de um livro? Será que a tia odeia os livros que permanecem presos nos armários? Será que um

A CASA MÁGICA 65

dia ela dará fim aos livros da família, num ato de profunda angústia do mal de águas represadas? Talvez a tia esteja simplesmente dormindo.

Rosalina se afasta do corredor, dá a volta no quintal e se aproxima da janela do quarto da tia, pelo lado de fora. A janela entreaberta permite que ela veja Felícia sentada diante da penteadeira, escovando o comprido cabelo branco. Não estava dormindo. Ouviu muito bem o que a sobrinha indagara. Será que dia de silêncio não autoriza que a pessoa pelo menos escreva? Dorlinda a advertira de que a irmã faz dia de silêncio toda segunda-feira, mas não entrou em detalhes, daí Rosalina imaginara que escrever é permitido. Afinal, em meio a palavras escritas, sempre moram silêncios.

⁕

Rosalina se sente exausta e com fome. As cento e quarenta e quatro cadeiras estão limpas e enceradas, agora cobertas por lençóis limpos que ela encontrou no guarda-roupa de um dos nove quartos. O quarto da tia Felícia permanece fechado o dia inteiro. Será que ela faz dia de jejum também? Vai ver, providenciou comida mais cedo, levou para o quarto, não é louca a ponto de passar tanta fome. Ao se lembrar do banho de mangueira no jardim, a filha única da Dorlinda se anima, foram instantes em que ela e a tia riram muito, seguidos dos instantes em que prepararam macarronada e se empanturraram, foram o sinal de que talvez a tia tenha chances de não morrer afogada no mal de águas represadas.

Ao mesmo tempo em que se anima, Rosalina fica apreensiva, pois faltam apenas três dias. Viajará para Belo Horizonte no final da tarde de quinta-feira. Será tempo suficiente para reverter as coisas? Pode ser que esteja sonhando além da conta, compromissos mágicos acontecem e não acontecem, o mundo é muito injusto e as pessoas, por muitas vezes, são assustadoramente cruéis. Ela mesma é um exemplo disso, lembra-se, com um sorriso irônico.

Ela planeja matar a tia. Ela quer matar a tia. Ela sonha com o dia em que a filha caçula da Alice do Olinto do Paulo, a que diz que amar é uma dor linda, se sinta finalmente livre da irmã que se arvora no direito de encarcerar na casa da rua Engrácia Maria do Rosário todos os pertences da família. Por ser a mais velha, se sente no direito. Será a glória ver Dorlinda livre para entrar na velha casa do Olinto do Paulo e poder abrir todas as portas e janelas, todos os armários, gavetas, prateleiras e caixas.

Já é início de noite quando Rosalina se aproxima da porta do quarto da tia e diz bem alto: estou indo. Sei que a senhora não se preocupa com a minha fome, mas aviso que almocei e jantei arroz com almeirão e ovo cozido, invadi a sua geladeira e não peço desculpa por isso, tenho o meu direito de ser invasora, em retaliação ao seu direito de ser a carcereira dos objetos da família.

Não planejara falar exatamente assim. As palavras saíram feito uma represa que de repente abriu as comportas.

Na praça do coreto, num dos bancos de cimento, observa a casa verde. As luzes acesas. Antes de bater palmas diante do portão, quer que o rapaz da bicicleta apareça de novo. Seria o compromisso mágico do dia. Então, Rosalina espera. Tira a mochilinha das costas e deixa-a apoiada à cintura. Alonga os braços para cima e respira fundo. Ajeita os óculos e morde os lábios. Certifica-se de que as tarraxas dos brinquinhos de imitação de pérolas estejam bem firmes. Apruma a barra da calça jeans e a blusa de malha xadrezinha em verde, vermelho e lilás. Cruza as pernas e apoia as mãos no cimento do banco, por trás das costas. Rosalina espera pelo rapaz da bicicleta.

Enquanto espera, está na recepção da pousada e faz perguntas às sete Marias. Qual a mais velha de vocês? São casadas? Têm filhos? Qual das sete é a mais infeliz? Qual a mais implicante? Qual a mais egoísta? Qual a mais fingida? Na frente dos hóspedes, vocês em geral são simpáticas, mas e longe deles? As sete, quando estão juntas e longe dos hóspedes, batem no rosto uma da outra? Puxam o cabelo uma da outra? Cospem na cara uma da outra? Desencavam lembranças e ofendem uma à outra? Apesar de tudo, posso continuar dizendo que vocês são sete adoráveis Marias?

Em total silêncio, elas ficam olhando para Rosalina. Elas também fazem um dia de silêncio. Elas também se penitenciam. Elas também esperam que um dia de silêncio as prepare para as verdadeiras e urgentes palavras.

Está ficando tarde e não aparece o rapaz da bicicleta.

Rosalina morde os lábios e ajeita os óculos, prende a mochilinha às costas e vai andando firme em direção ao portão da casa verde.

Bate palmas com força e muita disposição, como se de repente suas palmas pudessem salvar o mundo da maior das tragédias, como se bater palmas diante da casa verde evitasse a maldade e o egoísmo de todos os poderosos do mundo.

Dirce vem logo abrir o portão. Parece que hoje as coisas não serão tão difíceis. Como vai, Dirce? Que bom que você veio depressa. Estou exaurida de tanto fazer faxina na casa da minha tia. Eu estou bem, já a dona Olímpia. O que há com ela? Vamos entrar. Você vai ver.

Ela quer me receber? Que nada, menina, não se trata disso, você vai ver.

Rosalina acompanha os passos apressados da Dirce, que atravessa a sala de visita com seus sofás, poltronas e tapetes, o salão de festas com seus espelhos, o corredor apinhado de quadros pendurados de um lado e de outro, a sala de jantar com sua mesa imensa, cristaleiras e cadeiras, a cozinha com seus armários, fogão e pia gigantesca, finalmente elas chegam ao alpendre dos fundos da casa verde.

Enorme alpendre com piso de ladrilho hidráulico, murinhos cimentados de vermelhão.

Conhecer a neta do Olinto do Paulo piorou o estado dela, veja. O diagnóstico da Dirce a deixa contente. Ela quer é mexer com o sentido das coisas, desde sempre, e saber que a sua existência faz dona Olímpia sair da mesmice cotidiana é um compromisso mágico.

Acocorada num murinho do alpendre, debaixo de samambaias, Olímpia do Jacinto da Vicentina do Pedro está de camisola e cabelo preso em tranças. Ao dar fé da presença de Rosalina, sorri.

Estou quase pronta, ela diz. Você vai para a escola comigo? Você é a minha melhor amiga, Alice. Rosalina responde rápido: vamos juntas para a escola, hoje tem prova de história e a matéria é sobre Morada Nova.

Dirce a puxa pelo braço, temerosa de que tudo se torne ainda mais desastroso, quer evitar dissabor, mas Rosalina se solta, ergue o rosto, ajeita os óculos e se aproxima de dona Olímpia. Acocora-se no murinho também, de frente para a dona da casa verde.

Nossa amizade é para sempre, você sabe, Olímpia. Eu sei, Alice. Você estudou para a prova? Olímpia indaga, com ar inquieto. Aposto que sim, você é muito estudiosa. Não estudei tanto quanto deveria, mas acho que sei o suficiente para uma nota oito, responde Rosalina, de repente tomando entre as mãos as mãos trêmulas da Olímpia.

Veja o anel que ganhei de presente! É de marcassita. De pé junto a elas, Dirce meneia a cabeça, nem de longe acreditando que a conversa vá ser boa para a sua paciente. Lindo anel, comenta Olímpia, sei que pertenceu à baronesa Lúcia Geralda Albuquerque Braga Souza Ferreira.

Já ouvi falar sobre essa baronesa! Tinha joias realmente belas, raras e caras. Rosalina continua a conversar. Dirce torna a sacudir a cabeça, puxa uma cadeira de vime e se senta perto delas, resignada a assistir a um desfecho que imagina que será horrível. Incentivar o delírio? Não crê que seja saudável, mas, pelo menos, não está sozinha com a dona Olímpia, ter alguém por perto a descansa um pouco, conclui, ajeitando o coque no alto da cabeça.

Séria, Rosalina desfia: sabia que a baronesa Lúcia Geralda tinha mania de cuspir no chão? De fazer xixi na calça enquanto dançava nos bailes? De assoar o nariz e lançar o catarro nos pratos das pessoas, em jantares de gala? Também séria, dona Olímpia diz: eu sempre soube disso. A baronesa era uma porca. Pois é, Olímpia, a história de Morada Nova tem uma baronesa inconveniente. Aliás, você sabe, Morada Nova tem muitas pessoas inconvenientes. Gente com muito dinheiro, mas sem nenhuma finesse. Concordo, Alice, mas já não está na hora de irmos para a escola? Ainda está cedo, boba, não se preocupe. Quando for a hora, te digo. Obrigada, Alice, por ser sempre tão atenciosa comigo. A nossa amizade é a mais mamão com açúcar do mundo, Olímpia, entre nós jamais haverá dissabor. Rosalina diz, piscando para a Dirce, que sacode a cabeça, levanta-se e vai para a cozinha.

Alice, eu fiquei moça. A partir de agora, todo mês, vai ser uma lavação de paninho. É o nosso destino, Olímpia, sangrar todo mês.

Rosalina solta as mãos de dona Olímpia, cruza os braços e fita os olhos verdes dela. Depois, diz: você vai sangrar muito mais do que eu, porque não vai ter filhos. Não quero saber de filhos, Alice, você sabe. Pois é, daí vai sangrar muito mais. Já eu, que pretendo engravidar e criar filhos, vou ter pelo menos nove meses de férias de lavação de paninho. Olímpia solta uma risada: prefiro lavar paninhos a lavar fraldas! Rosalina ri também, de modo mais discreto, subitamente indecisa se deve continuar com a entretenga.

Dirce volta com uma bandeja e copos de suco de maracujá. Serve o suco para as duas amigas de infância, Olímpia e Alice, que começam a beber, enquanto continuam a conversar. Dirce também se serve e permanece sentada perto delas.

Olímpia, me conta, você mataria uma pessoa?

Rosalina vê que Dirce arregala os olhos e fortemente agita a cabeça, como que dizendo que não se deve perguntar algo assim a uma pessoa em delírio.

Mas Rosalina, reanimada, se mantém no encalço do que pretende e repete a pergunta. Você mataria alguém, Olímpia?

Os olhos verdes brilham de felicidade. Tanto eu mataria que já matei. Como assim, Olímpia? Me conta direitinho essa história.

A CASA MÁGICA   71

Matei o único filho que eu tive. Olímpia diz, os olhos verdes iridescentes de alegria. Como foi isso? Pergunta Rosalina, com o coração aos pulos. Dirce se mantém assustada, mas deseja que a conversa prossiga.

Ele era bonitinho e tinha dois anos. Uma noite, quando o meu pai estava em São Gonçalo, cuidando da compra de uma fazenda, eu afoguei o menino no açude. Foi rápido, ele nem sofreu. Estava brincando felizinho, daí eu o empurrei no açude, empurrei com uma firme delicadeza, ele afogou bem ligeiro, tive sorte.

O seu pai não gostava do menino? Pergunta Rosalina, cada vez mais decidida a seguir com a história. E Olímpia: Gostava muito. Era doido pelo neto. Não se importava com o fato de eu ter engravidado sem casamento. O pai do menino tinha sumido, nunca mais o vi, mas acabei levando a gravidez adiante.

Quer dizer, Olímpia, que ao contrário da maioria dos pais naquela época, o seu pai não ficou furioso com o fato de você ter engravidado sem casamento? Ficou acabrunhado só no início, depois gostou muito da ideia de ser avô. Eu é que jamais aceitei esse descalabro. Até que tolerei bastante, foram nove meses de gravidez e dois anos de convivência com o menino, mas teve aquele dia. O meu pai estava em São Gonçalo. Ia demorar uma semana para estar de volta. Os empregados estavam distraídos. O açude estava lá.

O açude estava lá. Repete Olímpia, voltando os olhos para Dirce, que não sabe o que dizer. Mas Olímpia diz para a enfermeira: o açude estava lá, Dirce. Era a minha oportunidade. Não se deve perder uma boa oportunidade, você há de convir. Dirce levanta-se, atabalhoada.

Rosalina abraça Olímpia, demoradamente.

As duas acocoradas de frente uma para a outra, no murinho do alpendre.

E agora se levantando, Rosalina diz numa voz calma e suave: eu te entendo, Olímpia. Eu também mataria. Tanto mataria que matarei. No meu caso, a morta será a tia Felícia.

QUINTO PASSO

A Maria da terça-feira é miudinha. Olhos vivazes, liga elástica prendendo o pouquíssimo cabelo num discreto rabo de cavalo, vestido preto de decote canoa, sandálias rasteiras, sorriso tímido.

Servindo-se de mais café com leite, em pé diante do aparador onde ficam as garrafas térmicas e as travessas de pães, bolos, roscas, biscoitos, jarras de suco, manteiga e queijo, Rosalina observa com discrição a Maria do dia. Ela entra e sai da cozinha várias vezes. Aceita ovos mexidos? Ela pergunta à Rosalina. Boa surpresa, pensa a filha de Dorlinda. É a primeira a oferecer ovos mexidos. Deve ser a mais solícita. Aceito, sim, por favor. Dois ou três ovos? Dois está bom, obrigada. Com ou sem sal? Pouco sal, por favor. Aguarde um instante.

Rosalina senta-se e começa a beber a segunda xícara de café com leite do dia. Faz questão de caprichar no café da manhã, pois nunca tem certeza de que vai almoçar. Como estará hoje a tia Felícia? Como estará a Olímpia? Cada dia é um susto.

Não demora e a Maria de Fátima vem trazendo um prato com ovos mexidos. Só Rosalina está no salão.

Que delícia, Maria de Fátima! Muito obrigada. Quer mais alguma coisa? Canela em pó, talvez? Não, não, obrigada. Minhas irmãs me contaram que você é a neta do Olinto do Paulo. É de Dores do Indaiá. Lá tem uma fotógrafa que é muito minha amiga, a Sueli. É uma artista incrível a Sueli.

Que olhinhos saltitantes ela tem! Pensa Rosalina.

Me lembro dos netos do Olinto do Paulo, moram em Divinópolis, são animados e falantes, faz tempo não os vejo por aqui, são os filhos da Felícia. Me dá notícias da Felícia!

É a primeira a pedir notícias da Felícia. Bem interessante a Maria de Fátima. Rosalina engole um pedaço de bolo, ajeita os óculos e diz: ela sai de casa todas as manhãs, pega o carro e vai passear na fazenda que fica entre o rio Abaeté e o Indaiá.

Olhinhos mais vivazes ainda: que maravilha! Eu não sabia que a Felícia está melhor de saúde. Folgo em saber. Aqui as pessoas folgam em saber, pensa Rosalina, bem alegre. Mas voltando aos netos do Olinto do Paulo, os de Divinópolis, retoma a Maria da terça-feira, gosto demais deles, sempre trazem os filhos e deixam a pousada numa animação danada! Os netos e os bisnetos do Olinto do Paulo, que maravilha! Já que está melhor de saúde, a Felícia deve estar ansiosa para que eles a visitem de novo, com certeza. Sim, Maria de Fátima, ela não vê a hora de reencontrar os filhos e os netos. Ficarão na casa dela, com certeza. Há muitos quartos disponíveis. Não será mais necessário eles se hospedarem aqui.

Maria de Fátima se comove: que maravilha! Encher de vozes aquela casa! Bom demais ver uma pessoa sair da tristeza profunda, principalmente a gente que é mulher.

Ao partir um pedaço do queijo e levá-lo à boca, repete-se na cabeça a frase "principalmente a gente que é mulher". Miudinha e solícita, Maria de Fátima é imensa, quase do tamanho de Morada Nova, pois serviu à Rosalina, além de ovos mexidos, a frase "principalmente a gente que é mulher".

Pela primeira vez, encontra o portão destrancado. Os gatos voltaram, há vários espalhados pelo jardim. Com o celular, Rosalina tira fotos de alguns deles. Há muitas nuvens no céu, talvez chova mais tarde. Não vê o gato preto nem o amarelo-ouro. Sente saudade deles. Guarda o celular na mochilinha sempre amarrada às costas. Dorlinda não ligou mais, não parece estar apreensiva com a viagem da filha, ou então anda muito ocupada com as aulas e prefere que Rosalina viva a aventura de agir por conta própria, tomar atitudes por conta própria, correr os riscos que quiser. Todo mundo precisa, vez ou outra, se aventurar assim, "principalmente a gente que é mulher", relembra Rosalina, andando devagar pelo caminho de ardósia. Não há pressa. Há nuvens. Nuvens podem desabar e alagar tudo, encher os rios e os açudes, mas antes, não há pressa.

Pela primeira vez, encontra destrancada a porta principal.

Entra na sala de visita de piso de ladrilho hidráulico e percorre o seu espaço de uma ponta a outra, de um lado a outro, atenta a cada objeto que tia Felícia guarda, "aqui só entra, daqui nada sai".

Ao entrar na sala de armários envidraçados, tem a vontade de alegria de que eles estejam destrancados. Quem sabe hoje a Felícia da Alice do Olinto do Paulo resolvera abrir todas as portas da casa? Aproxima-se de um deles, com o coração alvoroçado. Ainda não. Ainda não. Será que um dia? Com os livros, tudo é mais intenso. Tanto é mais intenso que sempre que poderosos querem oprimir pessoas, proíbem, trancam ou queimam livros.

Vai andando pelo corredor de tábuas escuras.

Pela primeira vez na viagem, lembra-se da Luciana, a melhor amiga. Que coisa estúrdia ela ter se esquecido tanto da Luciana! Mas a própria Luciana tem agido de maneira semelhante, também não telefonou nem mandou mensagens. Sem terem combinado, fazem dias de silêncio e isso também deve ser um compromisso mágico. Tem vez que a gente carece de se afastar e fazer silêncio, para que as verdadeiras e urgentes palavras façam todo o sentido.

Ela gosta de mexer com o sentido das coisas, mas sempre à cata das verdadeiras e urgentes palavras. E vê que os quartos continuam de portas trancadas.

Tia Felícia não está na cozinha nem na área de serviço. Rosalina teme que ela mais uma vez fique trancada no quarto, indisposta ou avessa à presença da sobrinha insistente. Não sei o que veio fazer aqui.

Não está nas varandas com as suas cento e quarenta e quatro cadeiras. Não está no jardim da frente nem no quintal dos fundos.

Rosalina se aproxima do tanque do jardim e lava o rosto. Vê a mangueira e se lembra do banho animado. Fica olhando para os gatos que andam de lá para cá, parecem estar com fome. Tudo indica que hoje a dona da casa não providenciou comida para eles. Então ela vai até à área de serviço e procura ração num dos armários. Há um pacote cheio, decerto enviado pela mercearia do Palito. Põe uma boa porção numa tigela e volta ao jardim.

Ao ver as dezenas de gatos se debruçarem sobre os vasilhames espalhados pelo jardim, os vasilhames que ela fez questão de encher de ração, Rosalina constata que gosta de gatos. Sempre gostou. Vai gostar cada vez mais. Achava que só gostava de cães. Costumava dizer que não nasceu para gatos, só para cães, mas era tudo uma falta de presença, uma falta de cuidado, uma falta de consideração, uma falta de sentido.

Radiante, aproxima-se de cada um deles e acarinha, como se a alegria de cada um deles fosse o primeiro passo para a alegria da humanidade inteira. E é.

·

Será que numa terça-feira uma tia desaparece para sempre? Que ela não se atreva a se matar. Cabe à viajante terminar o serviço e ainda não é a hora de matá-la de vez.

Rosalina caminha na parte lateral do quintal. Quer ver a tia pela janela entreaberta do quarto. Deve estar dormindo até mais tarde hoje.

Ao pisar nas folhas secas do chão, folhas de pé de manga, folhas de pé de goiaba, folhas de pé de jatobá, folhas de pé de cagaita, sempre se diverte com a palavra cagaita, fede e toca música essa palavra, lembra-se de novo do rapaz da bicicleta. Já imaginou namorar sobre essas folhas? Selvagens e sujos, deixariam marcas nas folhas. Fica imaginando qual será o nome do rapaz da bicicleta. Dana a listar em voz alta, pisando nas folhas secas: Lourenço da Elisbina do Mauro da Cleusa do Aristides. Ou talvez Claudiano da Marina do José da Dalva do Celso. Mas também pode ser Júlio da Esmeralda do Anselmo da Áurea do Bernardino. Daniel da Augusta do Lucas da Candinha do Cipriano? Hermínio da Luiza do Francisco da Alzira do Joaquim?

Trancadíssima da silva xavier a janela do quarto da tia.

Rosalina suspira. Morde os lábios. Ajeita os óculos de aro azul.

Senta-se no chão de folhas secas e fecha os olhos. Cochila por alguns minutos, apoiada a um tronco de pé de manga.

Ao despertar e abrir os olhos, sente pavor de que tudo tenha ido por água abaixo. No Alto São Francisco, na represa de Três Marias, a qualquer momento tudo pode ir por água abaixo.

Que coisa mais estúrdia a tia deixar algumas portas abertas e trancar principalmente os quartos. Não se distraiu e trancou também a janela do seu quarto. O mais esquisito de tudo é não ter deixado comida para os felinos. Será que a tia Felícia desajuizou por completo e a partir de agora nem vale mais a pena matá-la, pois bem morta ela já está?

Rosalina atravessa de novo o quintal e vai para a cozinha.

Tia Felícia está fritando biscoitos de polvilho.

***

Fui comprar polvilho. Tinha acabado, e hoje eu acordei com desejo de biscoito de polvilho frito, o meu fica bem sequinho, uma delícia, você vai adorar, Rosalina.

Ela fica observando a tia toda animada em frente à frigideira no fogão a gás. A senhora saiu de casa hoje. Estou gostando de ver, tia. Comprou na mercearia do Palito? Claro, sou freguesa constante. Já está sentindo o cheirinho? Sim, cheirinho muito bom, vou me esbaldar com esse biscoito! Então me ajuda a pôr a mesa. Posso pegar as xícaras de porcelana que a senhora nunca usa?

A pergunta prega um susto na Felícia da Alice do Olinto do Paulo, que hesita por instantes, mas depois diz: xícaras de porcelana permitidas. Rosalina sorri e corre até à cristaleira mais bonita da sala de visita, vai o mais rápido possível, não quer que a tia desista, é vital cuidar para que compromissos mágicos não apenas peçam licença, mas finalmente se estabeleçam.

Sem perguntar se pode, pega uma toalha guardada numa das gavetas de um dos armários da cozinha e cobre a mesa. Depois, arruma sobre ela os pratos, os talheres e as xícaras de porcelana, cada uma com seu delicado pires.

Agora vou coar café, diz tia Felícia, enchendo de água uma chaleira.

Numa travessa forrada com pano de prato que ela tirou de uma das gavetas de um dos armários, Rosalina ajeita os biscoitos de polvilho, bem sequinhos mesmo, nem parece que estiveram mergulhados em óleo quente.

Com a saia preta de sempre. Com a blusa branca de sempre. Com o cabelo branco e comprido de sempre. Tia Felícia não é a de sempre, pois hoje saiu de casa, depois de tantos anos de renitência em se plantar dentro de casa e receber em casa as compras da mercearia do Palito. No entanto, ainda faltam coisas para que Rosalina se sinta pronta para matar tia Felícia. Já é terça-feira, depois só haverá dois dias.

Mas antes do assassinato, é preciso aproveitar esses biscoitos de polvilho. E então? O que achou? Saborosamente deliciosos de tão gostosos, tia! São a minha especialidade, mas me diga, qual a especialidade da Dorlinda? Ah, a minha mãe não é muito de cozinha, compra quase tudo na padaria. Mas ela gosta de fazer alguma coisa? Me deixa pensar, espera aí, ah, ela gosta de fazer bolinhos de fubá de canjica. Ela compra onde o fubá de canjica? Aqui em Morada a gente não encontra. Ela compra no Mercado Central em Belo Horizonte, lá sempre tem. Faz tantos anos que eu não vou ao Mercado Central! A minha mãe costuma ir, vai pelo menos de dois em dois meses.

Me conta, Rosalina, não é tempo de férias e você viajando. Está matando aula?

Que bom ver a tia Felícia atenta aos detalhes. Vai ser mais emocionante o assassinato.

Eu estudo em Belo Horizonte e os professores estão em greve. Não sabia que está em Belo Horizonte! De segunda a sexta, moro lá, para o meu curso de Letras. Você já está na universidade? Claro, tia, o tempo passou, viu? Tenho dezesseis anos, vou fazer dezessete daqui a dois meses e estou no primeiro ano de Letras. Eita, no meu tempo a gente entrava depois dos dezoito anos. E você tem cara de treze no máximo. Não exagera, tia. Na sua idade, pode viajar sozinha? Tenho autorização da minha mãe, claro, com firma reconhecida em cartório. Ah, bom, mas me diga, estudar Letras serve para quê? Para ser professora de português e literatura brasileira, no meu caso. Para ser professora? Eita, vai fazer greve também. Se for preciso, tia, e quase sempre é preciso, ô tristeza.

Ah, hoje a senhora esqueceu de deixar comida para os gatos. Não esqueci, fiz foi questão de não deixar. Que maldade, tia, mas eu cuidei disso para a senhora. Deixei ração suficiente para hoje e amanhã. Ah, hoje eu não vi o gato preto nem o amarelo-ouro! Esses dois às vezes desaparecem por dois ou três dias, são muito sem-vergonha.

Sobrinha e tia bebem café e comem biscoitos de polvilho. Conversam durante longos minutos. Ter feito questão de não deixar comida para os gatos faz Rosalina mais uma vez comprovar que a tia Felícia merece e precisa morrer.

À tarde, por volta das cinco horas, mais uma vez sentada no degrau do portão da casa verde, Rosalina quer que o rapaz da bicicleta atravesse de novo a praça do coreto e olhe intensamente para ela, que intensamente o olharia, com as pernas trêmulas e o coração desenfreado.

Passam-se os minutos e ele não vem. Será que nunca mais o verá? Se houvesse alguma festa programada na cidade, com certeza o veria, mas não há festas nesta semana, então ela vai ter que contar mesmo é com a charrete da viagem dos compromissos mágicos. A charrete indomável e livre. O susto de acontecer.

Pois bem. Vamos bater palmas de novo. Vamos ver como vai a baronesa. Vamos ver se a baronesa Olímpia Fernanda Álvares Sampaio Rocha Guimarães da Veiga se digna a recebê-la. Estaria em condição e disposição de abrir a gaveta da penteadeira e de lá retirar o caderno da Engrácia Maria do Rosário? Se a Dirce se atrevesse a pegar a chave e apanhar o caderno, seria tranchã, mas o melhor mesmo é que a própria baronesa, espontaneamente, abra a gaveta, como se abrir essa gaveta abrisse também o tempo de um país destroçado enfim se movimentar e dar o primeiro passo para ser uma morada nova.

Dirce demora, é exasperante, mas agora vem e abre o portão. Como ela está hoje? A filha única da Dorlinda pergunta, com o coração aos pulos. Hoje é terça e no final da tarde de quinta-feira ela terá que voltar para Belo Horizonte. Na sexta, terá um encontro com os colegas da universidade. Os estudantes vão se reunir e planejar o apoio à greve dos professores. Há pouco tempo e ainda há muito o que fazer em Morada Nova. Ainda existe o mal de águas represadas. Enquanto ajeita os óculos, observa o silêncio perigoso da Dirce.

Um silêncio assim é muito perigoso.

Aflita, Rosalina acompanha os passos da Dirce, que não diz nada, nem ao menos a cumprimenta, vai andando tensa, vai atravessando as salas, vai percorrendo o corredor e mais uma vez leva Rosalina ao alpendre dos fundos da casa verde.

Ao ver Olímpia do Jacinto da Vicentina do Pedro nesse estado, Rosalina tem vontade de desânimo. A baronesa permanecera acocorada no murinho da varanda, desde ontem? Isso mesmo que você está pensando, ela não quis mais sair daqui, não sei mais o que fazer, já telefonei para o primo dela que mora em São Paulo, mas ele disse que só pode vir na semana que vem. Não tem outro parente além desse? Que eu saiba, ele é o único que tem alguma paciência com ela. Foi ele quem me contratou, sabe? Me paga muito bem, não me queixo, mas dificilmente aparece por aqui. Muito estranho não haver outros parentes, Dirce. Deve haver, mas se cansaram de serem enxotados. A dona Olímpia é uma íngua com eles, o Durval me contou.

Rosalina observa os olhos verdes em total desalento, o cabelo despenteado, os pés descalços, a saia desengonçada mostrando as coxas magras, a blusa suja de restos de comida, um penico ao lado. Ela estava bem, de certo modo, mas, depois de te conhecer, Rosalina, ela piorou bastante.

Não viera a Morada Nova para acabar com a saúde da Olímpia do Jacinto da Vicentina do Pedro. Viera para ler o caderno de recordação. Com o estômago embrulhado, Rosalina se sente prestes a desmaiar, mas respira fundo, morde os lábios, ajeita os óculos e finge que está em crise de tosse. Fica tossindo forte o mais que consegue. Como num acontecimento inesperado, ela se acocora diante de Olímpia e continua tossindo forte, de repente convicta de que tossir tão forte assim pode pelo menos irritar Olímpia. Irritar é melhor do que ignorar. O mal de águas represadas deve carecer de algum movimento, jamais de um cruel desprezo.

Continua tossindo forte.

Para de tossir, menina. A baronesa ordena, soerguendo o rosto. Os olhos verdes luzem. Você me dá nos nervos, viu? O Olinto foi o amor da minha vida. Dirce, que zanzava de um lado para o outro, sem saber que providência tomar, estanca o passo e fica olhando para elas.

Então Rosalina segue o curso das águas do Alto São Francisco. Se a senhora abrir a gaveta da penteadeira e tirar de lá o caderno de recordação, vai fazer a neta trazer o avô de volta.

Os olhos verdes luzem mais.

Eu preciso ler e fotografar as páginas do caderno, dona Olímpia. Para trazer o Olinto de volta? A baronesa pergunta, sorrindo animada, aprumando a saia e a blusa no corpo. Isso mesmo. Eu prometo trazer o Olinto de volta.

E ao prometer, Rosalina se assusta em imaginar que a charrete de uma viagem pode levar ao lugar mais inseguro e ao mesmo tempo mais humano de se mexer com o sentido das coisas.

Agora apoiada ao umbral da porta que leva ao interior da casa, Dirce fica dizendo: ai ai ai ai ai, meneando a cabeça. Você tem ideia do que está provocando, menina? A dona Olímpia pode nunca mais voltar à realidade!

Rosalina volta a assuntar os olhos de Olímpia e vê os verdes luzentes. Precisamos de cerimônia para o momento mágico, viu, dona Olímpia? Amanhã, no meu penúltimo dia em Morada Nova, quero encontrar a senhora de banho tomado, roupa limpa e cheirosa, está bem? A baronesa desce os pés ao chão, devagar, e, aos poucos, se põe de pé. Bate as mãos uma na outra, como quem se empolga, e diz: combinado! Às cinco da tarde está bom para você? Perfeito, dona Olímpia. Às cinco da tarde estarei aqui sem falta. Mas, para o momento mágico, a senhora deverá estar tinindo de bonita e arrumada, não esqueça. E outra coisa, deverá estar bem alimentada, pois emoções mágicas carecem de saúde e movimento.

Dirce continua atônita e Rosalina sorri.

Ô Dirce, por favor, tira esse penico fedorento daqui! Grita Olímpia do Jacinto da Vicentina do Pedro, andando devagar em direção à porta que dá para o interior da casa. Ainda apoiada ao umbral da porta, Dirce tem os olhos espantados e a boca meio aberta. Antes de entrar, Olímpia puxa com força os braços da Dirce e diz: anda, vai, tira o penico do alpendre, por favor. E ao ver Rosalina se aproximando, pega-a delicadamente pelos braços: vou te levar até à porta, sou educada. Além disso, é uma satisfação aproveitar ao máximo a presença da neta do amor da minha vida.

SEXTO PASSO

Quarta-feira é dia de Maria do Socorro. Providencial, pois Rosalina se sente angustiada e aflita, tem vontade de gritar: socorro, Maria! O que vai acontecer a partir de agora?

Maria do Socorro não parece atinar com o olhar atormentado de Rosalina, atende às três moças que acabaram de entrar para o café da manhã, pergunta de onde vieram e se estão gostando de Morada Nova. Uma das moças, a de franja curtinha, diz: é a cidade mais velha dessa região, segundo comentam, mas, para mim, é a mais valente, isso sim. A de cabelo ainda molhado: concordo, não é qualquer cidade brasileira que é inundada pelas águas de uma represa, é desprezada pelas autoridades e, com determinação, dá conta de ser uma morada nova. A de colete jeans: achei lindinha a praça da igreja Nossa Senhora do Loreto. Nós viemos de Sete Lagoas, acrescenta a de franja curtinha.

Vieram de Sete Lagoas para Sete Marias. Rosalina se apega a esse detalhe e se sente menos apoquentada.

A Maria da quarta-feira continua paparicando as três moças e nem olha para ela. Sete Lagoas e Sete Marias a confortam um pouco. Cada Maria tem a sua lagoa? Ou cada lagoa tem a sua Maria?

Será que Sete Marias são de repente inundadas por Sete Lagoas? Ou cada Maria é um barco afundado na lagoa? Cada Maria é uma lagoa? Ou cada lagoa embarca os sonhos de cada Maria? Rosalina pode se afogar na mais profunda lagoa. Socorro, Maria!

Está com pouca fome. Não aguenta engolir mais do que uma fatia de bolo e uma xícara de café puro, sem açúcar. Fica observando as três moças que não param de tagarelar. Maria do Socorro derrete diante delas. Só por que parecem ricas? Vieram num carro muito chique e usam relógios vistosos.

Mas, como quem lhe adivinha os pensamentos, há um instante em que Maria do Socorro se afasta das moças de relógios vistosos e se aproxima da mesa de Rosalina. Gosta de tapioca? Posso pedir que o João Carlos faça uma para você. Com manteiga ou queijo minas?

A filha única da Dorlinda leva um susto bom. Experimentara tapioca em Belo Horizonte e gostara demais. Em sua casa não há o costume de preparar essa quitanda, mas, que novidade boa será merendar tapioca na pousada Sete Marias!

O João Carlos é craque na tapioca. Aliás, ele é craque em tudo quanto há na cozinha. Outra novidade, pensa Rosalina, novidade muito novidadeira, um cozinheiro na pousada, em vez de cozinheira. Prefere com queijo minas ou manteiga? Maria do Socorro repete a pergunta, já convicta de que a hóspede está contente com a sugestão.

Queijo minas, por favor. E muito obrigada, viu? Me deu até água na boca. Vou providenciar, diz Maria do Socorro, em direção à cozinha.

Por que de repente parece que ela não precisa se preocupar tanto? É como se a vida, num passe de compromisso mágico, trouxesse caminhos que ela apenas carece de percorrer, com seus passos ora leves, ora pesados, mas sempre dispostos a seguir, dispostos a enfrentar as vicissitudes, dispostos a não se conformar, dispostos a mexer com o sentido das coisas, porque existe o anel de marcassita, existe a bicicleta, existe o jardim cheio de gatos, existe o penico na varanda e existe o lucivéu no quarto.

No curso de Letras ou no curso de viagens, as palavras que ela nasceu para represar ou soltar. Se der vontade, poder dizer: lucivéu de marcassita clareia um penico cheio de gatos montados numa bicicleta.

✦

Ainda com o sabor da tapioca, Rosalina depara com o portão trancado da casa da rua Engrácia Maria do Rosário. Observa mais uma vez o muro aos pedaços. Bate palmas insistentemente, penúltimo dia, precisa ir terminando o que veio fazer aqui. Não sei o que veio fazer aqui. Ela também não sabe muito bem o que veio fazer, mas sabe que a vida, com seus compromissos mágicos, a fez imaginar e se movimentar, e agora faz com que ela mais uma vez bata palmas em frente ao portão da casa.

Não demore, por favor.

Os dois gatos do primeiro dia, o preto e o amarelo-ouro, vêm se aproximando. Ficam miando e olhando para ela. Vieram me receber, que lindos! Como vão as coisas por aqui? O dia amanheceu hostil ou cordial? Hoje teve tapioca. Por enquanto, parece cordial. Ela sorri.

Tia Felícia vem vindo com o molho de chaves. Está de saia comprida estampada de amarelo e vermelho. A blusa é azul-claro e de alcinhas, folgadinha sobre a cintura. Sapatos de salto baixo. Ao vê-la se aproximar, mais novidade, os brincos de pedrinha vermelha e o cabelo molhado ainda pingando água do banho. Não sei o que veio fazer aqui.

Precisava repetir a frase fatídica? Rosalina observa que ela destranca o portão como se o gesto de abrir o portão pudesse durar o resto da vida. Nunca tinha visto uma pessoa demorar tanto para enfiar e girar uma chave na fechadura de um velho portão. Mas ela está de roupa diferente e acabou de tomar banho. A saia tem dois bolsos enormes abaixo da cintura.

Abrira lentamente o portão, como se temesse nunca mais voltar a ser o que era. No entanto, assim que aberto, é como se portão e sobrinha não precisassem de mais nada para que tudo o mais aconteça. Rosalina entra e abraça a tia, abraça com tanta força e tanta saudade da Dorlinda, que a irmã da mãe se deixa abraçar e abraça também.

Abraçadas, não têm pressa.

Depois, vão caminhando de mãos dadas em direção à porta principal da casa. Atrás vão o gato preto e o gato amarelo-ouro.

⋇

Pega a tesoura no bolso, diz tia Felícia, assim que entram na sala de visita e a tia se senta numa das poltronas cobertas por lençóis. De pé diante dela, Rosalina se apressa em ter a tesoura entre os dedos, encontra-a no bolso direito da saia da tia. O pente está no esquerdo, a tia avisa, séria e compenetrada.

Tesoura e pente nas mãos, Rosalina se posiciona detrás da Felícia da Alice do Olinto do Paulo e vê os gatos se enrodilhando num tapete de retalhos sob o console. Tia, antes de darmos início ao corte da tristeza profunda, me diz os nomes dos felinos. Eles são os mais amigos, a senhora botou reparo nisso? Gosto de todos, mas esses dois me puxam pelo braço e me levam a olhar o abismo. Vez ou outra, eu faço questão de olhar o abismo, tia. Saber que posso despencar e ficar mortinha da silva xavier lá embaixo. Saber disso e fincar o pé no chão. Pelo menos por enquanto, não despencar lá embaixo.

Tesoura e pente nas mãos, Rosalina se apraz com a resposta da tia: o amarelo é o Silva e o preto é o Xavier, para eu me lembrar de você, sua tonta. Esses dois não me deixam sozinha por muito tempo, sempre chegam perto, de primeiro eu me irritava com eles, mas depois passei a achar eles bem mimosinhos. E esse embondo de abismo que você falou é seu nariz! Ainda assim, me agrada. A filha única da Dorlinda é chata e insistente, mas é também engraçada e espirituosa.

Um corte Chanel rebelde, tia? Quatro dedos acima dos ombros? Eu sei o que veio fazer aqui.

$$\cdot\!\!\!\!\leftarrow\!\!\!\diamond\!\!\!\cdot$$

Na sala dos armários envidraçados, é como se nada mais importasse. Com a chave na mão, Rosalina respira fundo, morde os lábios e ajeita os óculos. Lembra que o Machado de Assis usava pincenê, do francês *pince-nez*, um agarra nariz por meio de mola. Lembra que a Cecília Meireles perdeu os pais cedo e foi criada pela avó. Lembra que a avó Alice recebeu uma linda carta da Henriqueta Lisboa. Lembra que a Maria Firmina dos Reis, nascida em 1825 em São Luís do Maranhão, foi a primeira romancista brasileira e era negra. Era negra a primeira romancista brasileira. No entanto, escritoras negras continuam tendo que lutar muito para serem publicadas e respeitadas. Dorlinda disse que num dos armários há um exemplar de *Úrsula*. Rosalina não vê a hora de ler o primeiro romance de uma brasileira negra. No curso de Letras, escreverá um artigo sobre a escritora e o romance.

Com as janelas escancaradas, vez ou outra Rosalina faz uma pausa para tomar água. Até às três da tarde, abre todos os armários e tira poeira de cada um dos livros, pula de alegria ao descobrir os livros raros, tira poeira das portas e dos vidros, varre a sala e passa pano no chão.

A tia sempre soube o que ela veio fazer aqui. Agora ela também sabe. Veio para várias coisas, mas essa é a principal. Será que a Luciana a imaginaria às voltas com essa livraiada toda? Saudade da Luciana, mas não vai ligar para ela. Vai guardar as surpresas. Vai ser tranchã segurar os segredos, para numa tarde, talvez num café da rua da Bahia, em frente ao Castelinho, contar tim-tim por tim-tim tudo o que aconteceu na viagem a Morada Nova. Fica imaginando a cara da amiga. Vai ser tranchã que seja assim. Mas pode ser que durante a ausência, a Luciana tenha adoecido e já esteja morta. Tudo pode acontecer durante uma ausência. A Luciana pode ter sofrido um acidente de carro. Pode ter tomado um copo de suicídio. Pode ter levado um tiro. Rosalina ri alto. A amiga pode estar morta. No entanto, a urgência de morte está na tia Felícia.

Rosalina sabe que a tia Felícia não pode continuar viva.

A mulher que diz "aqui só entra, daqui nada sai" não pode continuar viva.

Na cozinha, a filha mais velha da Alice prepara o almoço, na companhia de Silva e de Xavier.

⋇

No penúltimo dia, ao sair da casa na rua Engrácia Maria do Rosário, a filha única da Dorlinda se convenceu de que é, sim, especialista em desvario. Ela era a última esperança e não decepcionou. Matou a tia e libertou os livros.

O modo como assassinou a tia ela vai contar bem devagar para a Luciana. A melhor amiga vai se deliciar a cada minúcia fúnebre. Quando contar para a mãe, decerto vai provocar o maior susto, a mãe vai gritar que a filha é louca, mas, passados alguns instantes, entenderá que não poderia ter sido de outro modo. Fazia tempo que a irmã mais velha se arvorava em ser a carcereira dos livros da família, cismava em prendê-los como se ela fosse a dona do destino das personagens e dos poemas que também precisam de morada nova. Prender livros é um crime. Livros são livres.

Rosalina vai esmiuçar tudo, vai dizer cada gesto e cada passo.

Ver a tia Felícia finalmente morta foi um dos momentos mais extraordinários da viagem. Vê-la de cabelo cortado a Chanel rebelde e morta. De saia com dois bolsos e morta. Lembra que, pouco antes do instante final, a tia perguntou: quem te deu esse anel de marcassita? Não importa, tia. Mas saiba que esse anel é mágico. Com ele, a pessoa se sente disposta a tudo. E ela viu o sorriso nos olhos da tia. E ela colocou o anel no dedo da tia. E ela percebeu que aquele era o momento. Sem mais demora, providenciou as coisas necessárias. Disse bem alto: nunca mais a senhora vai dizer "aqui só entra, daqui nada sai". Aqui é entra e sai, viu, tia? E a assassinou.

⟡

Agora vai indo em direção à casa verde, com o coração leve.

Antes de atravessar a praça do coreto, se detém ao ver uma bicicleta apoiada a um dos postes de luz. O coração dispara. O rapaz está saindo de uma lanchonete. Então ela se aproxima da bicicleta e espera por ele.

Ele vem fitando-a desde que saiu da lanchonete. E continua olhando para ela, até que os dois estão de frente um para o outro. Ficam se olhando intensamente.

Rosalina não quer uma primeira conversa comum. Ela é a sobrinha que matou a tia. Ela gosta de mexer com o sentido das coisas. Ela é a viajante dos compromissos mágicos.

Não sei de quem você é, nem quero saber, por enquanto. Ela diz, sorrindo, soltando os braços ao longo do corpo. Ele franze a testa, parece um tanto assustado, mas aceita o convite, ao dizer: no momento que achar mais adequado, você vai me dizer de quem você é? Sim, e você vai me dizer de quem você é, mas não agora, por favor.

Rosalina ajeita os óculos. O rapaz se apoia na bicicleta e lhe toma as mãos entre as dele. Em silêncio, os dois se olham intensamente. Aos poucos, braços e mãos se tocam e rostos se aproximam.

Começam a se beijar na boca.

Ficam se beijando em beijos de língua e lábios quentes, beijos que não querem parar de acontecer, não querem parar de trazer as águas que vão inundar cada corpo, cada silêncio de agora, cada palavra de amanhã.

Depois, eles se afastam. Se não houver amanhã, eles se valem do agora. O rapaz pega a bicicleta e vai pedalando, de vez em quando gira a cabeça e olha para trás. Rosalina acompanha o olhar dele, até que rapaz e bicicleta desaparecem na esquina.

Ela atravessa a rua e se aproxima do portão da casa verde.

✦

Que beijos, hem? Fiquei com inveja. Diz Dirce, conduzindo-a até o quarto da baronesa. Fiquei olhando da janela, mas não reconheci o moço. Ele é de quem? Rosalina tem vontade de dizer: ele é o Miguel da Valéria do Ricardo da Aurora do Mário da Clara do Emiliano. Apenas sorri e ajeita os óculos. Agora falta pouco. Ou será que a dona Olímpia do Jacinto da Vicentina do Pedro vai pôr tudo a perder?

Me conta de quem ele é, Dirce insiste. Ele é da bicicleta, diz Rosalina, erguendo os ombros e dando as costas para Dirce.

De saia longa e blazer rosa, Olímpia a aguarda sentada numa pequena poltrona em frente à penteadeira. Ao olhar no antigo reloginho de ouro no pulso, diz: você foi pontual, que bom. Rosalina hesita, como se seguir adiante fosse levá-la a um calabouço escuro de onde nunca mais poderá sair. Chega mais perto, menina, pega a chave e abre a primeira gaveta da penteadeira. Pega o caderno. Mas não esqueça, você me prometeu uma coisa em troca.

Se prometi, vou cumprir, afiança Rosalina, pronta para ser jogada à masmorra escura e úmida.

Vai ser a primeira pessoa a ler esse caderno, depois de mim. Olha a responsabilidade, menina. Se não cumprir o que prometeu, se não trouxer o Olinto de volta, nem sei o que sou capaz de fazer, viu? Eu sou uma das pessoas mais poderosas de Morada Nova. Aqui eu mando e desmando, se eu quiser. Não se atreva a me desagradar.

Dirce se aproxima e cochicha no ouvido de Rosalina: ainda dá tempo de desistir dessa doideira. Não tem como você trazer o Olinto do Paulo de volta. Para de loucura!

Se prometi, vou cumprir, repete Rosalina, mais do que pronta para ser trancafiada num calabouço escuro, úmido e cheio de ratos.

Ao abrir a gaveta e tomar entre as mãos o caderno de recordação da Engrácia Maria do Rosário, a filha da Dorlinda estremece. É como se fosse desmaiar, sente-se fria e sem sangue, mas respira fundo, morde os lábios e ajeita os óculos de aro azul.

Com o caderno aquecendo as mãos, senta-se na beira da cama de dona Olímpia, que permanece na pequena poltrona da penteadeira, mas gira o corpo e fica de frente para ela. Por favor, Dirce, me deixa sozinha com a neta do amor da minha vida. Mas, dona Olímpia, é melhor eu ficar, já pensou se a senhora se sente mal? Larga a mão de papo de teima, Dirce. Vai para a cozinha e pede para a Almira preparar uma merenda bem gostosa. Um arroz-doce. Gosta de arroz-doce, Rosalina? Gosto muito, dona Olímpia.

Fala para a Almira não esquecer de polvilhar com canela em pó. Mas, dona Olímpia, tem certeza que. E fecha a porta quando sair. Assevera Olímpia do Jacinto da Vicentina do Pedro. Dirce obedece, não sem antes olhar para os olhos de Rosalina e, constatando que o desatino vai continuar, a neta do Olinto do Paulo é mesmo doida, sai e fecha a porta, não há mais o que fazer para evitar a tragédia.

$$\cdots\diamond\cdots$$

Como num passe de passos de compromissos mágicos, Rosalina diz: vou ler em voz alta. Eu gosto de ler em voz alta e a senhora carece de ouvir a neta do amor da sua vida. Ela observa os olhos verdes luzentes, as mãozinhas gordas entrelaçadas no colo, o reloginho de ouro no pulso, as costas apoiadas no almofadado da pequena poltrona da penteadeira.

"Sete de março de 1860", começa a ler.

Mais uma vez o número sete. Ela vai lendo. No início, um tanto insegura e assustada, mas as palavras escritas no caderno não aceitam medo nem hesitação. A voz vai ficando cada vez mais obstinada a pronunciar essas palavras que só precisam de serem reconhecidas em seus mais significativos sinais.

Olímpia do Jacinto da Vicentina do Pedro fecha os olhos e continua a ouvir a voz da neta do Olinto do Paulo.

Dias depois, ao contar para a melhor amiga — a Luciana da Carmem do Afonso da Elvira do Afrânio — sobre essa tarde com dona Olímpia, Rosalina vai relembrar a história registrada no caderno de recordação. Vai relembrar que Engrácia viveu flores e horrores. Fez coisas miúdas e coisas grandiosas. Não segredou raiva nem medo. Riu tristeza e chorou alegria. Bordou coragem e costurou ousadia. Derrubou mentira e levantou verdade.

Gostava de ler e escrever. Tinha letra bonita. Usava anágua, combinação e corpete. Lavava o cabelo com água de folha de laranja-lima. Tomava aluá. Criava gansos e patos.

Sua fazenda recebia visita de araras-vermelhas, bacuraus, curiangos, irerês, seriemas, joões-de-barro, bem-te-vis, codornas, mutuns e beija-flores. Apareciam também caititus, capivaras, gatos-do-mato, jaguatiricas, lobos-guará, macacos, morcegos, onças-pintadas, raposas, suçuaranas, tamanduás-bandeira, cascavéis, jararacas e jiboias.

Seu quintal tinha pés de murici, jenipapo, ingá, araticum, mangaba, cagaita, guariroba, cedro, ipê, jacarandá, sucupira e aroeira.

Engrácia gostava de acordar cedinho e regar as plantas do jardim. Tinha um terço bonito que ela ganhara do tio que era padre. Tinha duas grandes amigas, Dora e Elisa. Dora tocava piano e Elisa vivia tendo acesso. As três amigas se visitavam e proseavam muito.

Magrinha e pequena, Dora tinha mãos enormes quando tocava piano. Todo mundo se maravilhava. Por causa dos constantes acessos, Elisa, que queria se casar, achava que nenhum moço ia querer se comprometer com ela, pois volta e meia, sem mais nem menos, ela, que era alta e gorda, perdia os sentidos, desfalecia por completo, ficava aparentemente sem vida, sem cor e sem vigor. Depois, quando voltava a si, não se lembrava muito bem do que estava fazendo ou dizendo, levava tempo para voltar a raciocinar normalmente.

Dora também queria se casar. Tocava piano e fascinava todo mundo, principalmente os moços. Engrácia relata que Dora namorou e noivou, mas às vésperas do casamento, o noivo deixou uma carta para ela em que dizia que amava um homem, que nunca mais esconderia isso de ninguém, que amava um homem, esperava que ela o entendesse e o perdoasse, que foi difícil confessar o que de fato sentia, mas que contava com a compreensão dela, que ela era uma artista inteligente e decerto uma artista inteligente acharia mais justo ele viver o que sentia de verdade, nunca mais mentir, nunca mais fingir. Ela não se surpreendeu, já intuía, e se alegrou com a carta do homem que amava outro homem.

Ao contar para Engrácia sobre o noivado desfeito, Dora argumentou que iria continuar tocando piano pela vida afora e nunca mais pensaria em se casar. Disse que namorar é que é bom.

Elisa fez um tratamento em Pompéu e os acessos diminuíram. Casou-se. Foi feliz o quanto se pode ser feliz neste mundo complicado.

Já a Engrácia não queria se casar, dizia que preferia ser livre para fazer o que lhe desse no juízo. Dizia que preferia não ter muito juízo, conforme as circunstâncias. Que preferia a liberdade antes de qualquer coisa. Insistiu em não se casar, mas terminou acatando as ordens do pai. Era o pai que ditava as regras. Na família deles, uma filha tinha que obedecer ao pai e ponto final.

Engrácia gostava de namorar e queria continuar apenas namorando, mas teve que ceder. Casou-se e continuou a namorar outros homens. Dizia que agia igual aos homens, que podiam ter mulher dentro de casa e namorar outras mulheres por onde andassem. Dizia que mulher também é livre. Sempre que saía de casa, jogava sobre os ombros um mantô bonina.

Foi perseguida pela igreja, a mesma igreja que ela mandou construir. A igreja implicava com a cor do mantô, que devia ser preto ou marrom, pois bonina é pecado.

Engrácia teve filhos e netos. O marido escravizava negros, mas Engrácia não permitia castigos, ao contrário, protegia os escravizados e os alimentava bem. Ensinava os negros a ler. Emprestava livros para eles. Lia em voz alta para as crianças e os velhos. Tudo às escondidas, o marido não podia nem desconfiar.

No caderno, a letra bonita de Engrácia dizia que era muita injustiça ela ser considerada uma execrável adúltera ao mesmo tempo em que o marido, com as suas inúmeras amantes, era elogiado por todos. Um dia, o marido a puxou pelos cabelos e disse que já estava exaurido de passar vergonha. Que ele se cansara do simulacro de que não sabia de nada. Tirou do bolso do paletó uma tesoura e cortou os cabelos dela, que eram longos e cacheados. Em seguida, riscou fundo com a ponta da tesoura o rosto dela. O rosto sangrou muito, as feridas eram fundas, Engrácia sentiu fortes dores durante vários dias. Com ervas, uma das negras cuidou do ferimento, evitou inflamação, mas as marcas ficaram. Dali em diante, ela seria uma mulher com o rosto marcado pelo adultério. Eram marcas que lembravam uma estrela torta.

Naquele tempo em Morada Nova, uma mulher devia obediência ao marido e ponto final. Já o desaforado continuou a fazer o que sempre quis até o fim da vida, continuou a dar ordens para que se castigasse duramente os negros rebeldes e continuou a ter quantas amantes quisesse, afinal, diziam, ele era um barão bonito e sedutor.

Viúva, ela de pronto libertou os negros e os ajudou a recomeçar a vida. Seu gesto de libertar os escravizados acirrou ainda mais a igreja. Foi aí que a perseguição a ela se mostrou mais injusta e mais desumana.

A igreja queria a escravidão.

No caderno de recordação de Engrácia Maria do Rosário está desfiado o seu rosário de coisas miúdas e coisas grandiosas. Já bem velhinha, escreveu que nunca mais teve permissão de entrar na igreja. Rosalina conclui que certamente não lhe deu extrema-unção a igreja que ela mandou construir. Numa das últimas páginas do caderno, ficou escrito: há pessoas que cerram os olhos e debulham o terço de Nossa Senhora do Rosário, enquanto, impassíveis, ouvem os gritos de desespero dos negros. Porventura são deveras cristãs tais pessoas rezadeiras?

Engrácia queria a liberdade.

$$\cdot\diamond\cdot$$

Ao final da leitura de Rosalina, Olímpia abre os olhos e fita o rosto exausto da neta do Olinto do Paulo. A menina se esforçou muito. Leu com tanto esmero. Parece que vai desmaiar de tão extenuada. Não é fácil ler em voz alta páginas e páginas de um antigo caderno de recordação.

Olímpia se levanta devagar, sente dor nos joelhos, sabe que não viverá mais do que alguns meses, tem consciência do que desanda nos intestinos e nos rins, mas se aproxima da neta do Olinto e estende os braços para ela, que rápido se levanta e estende os braços também.

Ficam abraçadas por longos minutos.

Depois, Olímpia se afasta um pouco. Presta mais atenção no rosto da menina. Parece não ter mais que quinze anos. É muito jovem e doidinha a neta do amor da sua vida.

E não tem como negar.

Olinto está de volta nas sobrancelhas, na boca e no tom da voz de Rosalina, principalmente quando ela deita os olhos sobre as páginas e, em voz alta, lê. O amor da sua vida está de volta quando essa menina lê.

Rosalina entende que mexeu com o sentido das coisas e se alegra ainda mais ao lembrar que daqui a pouco vai ter arroz-doce.

SÉTIMO PASSO

A Maria da quinta é a mais alta de todas, roliça e espaventada, ri a todo instante. Acaba de conversar com um senhor de camisa florida, deixa-o com o seu café e pão na chapa e se aproxima da mesa de Rosalina. Quer alguma coisa especial?

Uma tapioca, diz Rosalina, com água na boca. A de ontem estava uma delícia, vou querer outra hoje, pode ser? Rindo toda esparolada, Maria do Carmo grita: João Carlos! Ô, João Carlos! Faz uma tapioca e traz para a hóspede! Rosalina se espanta com o grito. Imagina que o correto seria Maria do Carmo agir como as outras irmãs, ou seja, entrar na cozinha e falar educadamente com o cozinheiro, jamais gritar desse jeito. Manteiga ou queijo minas? Ela indaga à Rosalina, que diz: queijo minas. O grito é mais alto ainda, parece que a voz da Maria da sexta quer chegar ao largo da igreja de Nossa Senhora do Loreto: queijo minas, João Carlos!

Maria do Carmo continua rindo e se aproxima de uma senhora ainda jovem que, em vez de tomar café sossegada, atende a um telefonema no celular. Dá para ouvir o que ela diz: já entendi, agora deixa eu tomar meu café em paz, por favor. Desliga o aparelho, guarda-o na bolsa e comenta em voz baixa: só desligando mesmo para eu ter um pouco de sossego. Toda invasiva e espaçosa, Maria do Carmo pergunta: era o seu marido? A mulher responde: você não tem nada com isso, deixa eu tomar meu café em paz, por favor.

Eita. Precisava responder assim? Rosalina fica boba de ver. O nome dessa hóspede deve ser Ardósia. A Maria do Carmo extrapolara, mas não carecia que a Ardósia respondesse com esse teor deselegante. De uns tempos para cá, as pessoas andam muito irascíveis, pensa Rosalina. Estouram por qualquer motivo. Será que no Brasil se abriram totalmente as comportas das águas raivosas? Se existe o mal de águas represadas, existe também o mal de águas raivosas. Nem dá para saber qual é o pior.

Passam-se alguns instantes e vem vindo a tapioca num prato de louça azul-clarinho. Primeiro, Rosalina só vê a tapioca. Depois, distraída, ergue os olhos e se espanta ao ver João Carlos. Rosalina sente as pernas tremerem. O coração acelera quase a ponto de deixá-la sem ar. O cozinheiro da pousada Sete Marias é o rapaz da bicicleta. O nome dele é João Carlos.

Maria do Carmo, esparolada e espaventada, nem nota o que acontece, fica andando de um lado para o outro, ri muito, parece que não se importou com a falta de educação da hóspede, ajeita uma toalha aqui, um porta-guardanapos ali, vê se ainda tem leite na garrafa térmica.

Que bom que a Maria da sexta mais uma vez não fez o correto, quer dizer, não se aproximou do cozinheiro, não pegou o prato de louça azul-clarinho e não o entregou à hóspede, é toda bagunçada das providências, pensa Rosalina, ainda trêmula.

Ele se aproxima, tímido. Olha para ela e sorri.

Espero que esteja a contento, ele diz, pousando o prato diante dela. Rosalina gosta da expressão "a contento". Fica olhando para ele, sem saber o que falar. Mas já começa a pensar como será a sua vida de agora em diante. Ela sabe que eles já estão namorando. Falta dizer de quem ela é, para que os passos continuem.

Respira fundo.

Ajeita os óculos e diz: Sou a Rosalina da Dorlinda da Alice do Olinto do Paulo, e você?

Ele ajeita a touca sobre o cabelo e ela nunca mais vai esquecer a resposta: sou o João Carlos da Mariana do Faustino da Francisca do Gilberto.

Ao se aproximarem do portão da casa na rua Engrácia Maria do Rosário, Rosalina e João Carlos pulam da bicicleta, apoiam--na ao muro desmoronado, se olham e se beijam mais uma vez.

Assim que terminara o serviço na pousada, por volta do meio--dia, ele ficou livre para seguir com ela, que não falou muita coisa sobre a viagem a Morada Nova, mas deu pistas de que precisava dele para que tudo terminasse a contento.

Olha aí o Silva e o Xavier! São as mascotes da casa.

Muito educados, gostei deles, vieram nos receber na porta, que coisa mais livro!

Rosalina olha para ele, sem acreditar no que acabara de ouvir. O rapaz da bicicleta, além de cozinheiro, gosta de ler? Parece impossível tudo isso. Mas está acontecendo no sétimo dia da viagem dos compromissos mágicos. Está acontecendo.

Tinha que ser ele a pessoa a entrar na casa com ela. Tinha que ser ele. Então Rosalina tira da mochilinha um chaveiro e nele separa uma chave. Abre o portão, inclina-se e vagarosamente acarinha o pelo do Xavier, depois o do Silva, acaricia-os no lombo e debaixo do focinho, depois deixa que eles sigam à frente, condutores da charrete da viagem.

De mãos dadas, Rosalina e João Carlos vão se aproximando da porta principal da casa. Silva e Xavier à frente.

Diante da porta, Rosalina separa outra chave e abre a porta.

Antes de entrarem, beijam-se de novo, e de novo, e de novo, são beijos de língua que fazem Rosalina sentir comportas abertas a inundando por inteiro. João Carlos diz baixinho ao ouvido dela: de que livro você saiu?

Vem, vem, ela chama, puxando-o pelo braço em direção à sala dos armários envidraçados. O Silva e o Xavier seguem atrás.

Não acredito no que estou vendo! Uma biblioteca dentro de casa! Nunca tinha visto, João Carlos? Na minha casa em Dores do Indaiá tem uma, não tão grande quanto esta, claro, a minha mãe é professora e ganha pouco, mas temos um bom acervo lá.

Só conheço a biblioteca de Traçadal, vou para lá de bicicleta toda tarde. Traça o quê? Ele ri, beija-a de novo e explica: Traçadal. Fica pertinho daqui. Na pracinha de lá tem uma biblioteca. É um lugarejo bem simples, mas tem uma ótima biblioteca. Que lugarejo mais livro! Ela diz, e o beija de novo.

Depois, chama-o para se sentarem numa das poltronas da sala, entre os armários. E faz o convite: vamos trazer as pessoas para cá? Nas varandas tem cento e quarenta e quatro cadeiras, acredita? Ficaram anos e anos cobertas de poeira, mas eu já tratei de deixá-las a contento. Aqui pode ter saraus, tertúlias, leituranças e escrevinhanças, empréstimos de livros, rodas de proseio, tudo o que uma casa mágica pode ter. Você me ajuda nisso? Eu estudo em Belo Horizonte e os professores estão em greve, amanhã vou ter uma reunião com os colegas, a gente vai apoiar os professores, mas assim que possível estarei de volta a Morada Nova.

Enquanto você estiver lá, posso convidar muita gente, chamar o maior número de pessoas para a inauguração. Aos poucos, quem vier aqui vai convidar outras pessoas. Ele diz, animado.

Perfeito! Ela se empolga. Vamos acabar definitivamente com o mal de águas represadas! Sempre que eu puder, virei para cá, está bem? Mas cabe a você o serviço de divulgação.

Farei tudo a contento. Ele afirma, beijando-a de novo. Conheço professoras que vão gostar muito de contar histórias e ler em voz alta. Quanto aos livros, que tal a gente se aventurar a permitir que as pessoas entrem e leiam à vontade? Se quiserem, podem levar para casa e trazer de volta quando terminarem de ler. Seria um modo de educar as pessoas, o que acha? Educar com e pela liberdade.

Qual será a história desse rapaz negro, que trabalha de cozinheiro na pousada Sete Marias, que pega a bicicleta e vai ler na biblioteca de Traçadal? João Carlos da Mariana. Mariana que é do Faustino. Faustino que é da Francisca. Francisca que é do Gilberto. Histórias que trazem histórias.

Será que João Carlos ainda mora com Mariana e Faustino? Será que Mariana é feliz com Faustino? Vai ser um Alto São Francisco de aventuras conhecer a história do rapaz da bicicleta dos beijos da tapioca da pousada do prato de louça azul-clarinho.

Quando há respeito e dignidade, as pessoas agem com respeito e dignidade. Diz Rosalina, meio em dúvida se isso é mesmo sempre verdadeiro, pois há pessoas cruéis e egoístas que não têm solução, agem feito aves de capina, como diz a Luciana. De capina, para lembrar de capim. Essas pessoas, além de cruéis e egoístas, são mulas empacadas.

Vamos nos aventurar! Decide Rosalina.

Mas me conta, e a dona desta casa? Ela observa os olhos negros dele. A boca esplendorosa. A pergunta chama-a a uma outra realidade. Terá coragem de mostrar a ele a cova no jardim?

-·-<·-·-

Aqui morava uma tia que sofria do mal de águas represadas, ela começa a explicar. Os dois ainda sentados na poltrona entre os armários. Ela se mudou daqui? Ele pergunta, franzindo a testa.

Rosalina começa a imaginar os próximos passos da aventura com o namorado. Vai conviver com os dramas dele. Não vai sentir na pele, mas vai sentir revolta e indignação. Bem provável que ele conheça a história dos meninos sem nome, os meninos números.

Com os colegas da universidade, ela viu o documentário, soube da fazenda no Rio de Janeiro, a fazenda que tinha um tijolo com o símbolo da suástica. Na época do nazismo na Alemanha, havia um partido nazista no Brasil. Soube da família nazista que escravizou muitos meninos negros no Rio de Janeiro e a eles não deu nome, numerou-os, nazistamente. Os meninos só foram libertados quando o governo de Getúlio Vargas rompeu de vez com o poder nazista da Alemanha.

Será que em Minas também houve famílias de fazendeiros que diziam que adotavam crianças negras, mas que na verdade as escravizavam? Será que esse horror aconteceu também em Morada Nova?

Pelo andar da charrete, pensa Rosalina, com certeza ainda existem famílias nazistas no Brasil. Ficaram quietas por um tempo. Tinham um certo pudor. Mas de uns tempos para cá, essas pessoas não disfarçam mais. Sentem-se bastante à vontade. Não se encabulam de andar com o símbolo da suástica na roupa.

Ao verem João Carlos todo feliz na casa da rua Engrácia Maria do Rosário, pode ser que muitas pessoas se incomodem com essa felicidade. Quem é esse lheguelhé para se imaginar sendo algo mais que um cozinheiro de pousada? Ele nasceu para ser cozinheiro, já é requinte demais para ele, que pare por aí, seria muito atrevimento ele ficar todo falante numa casa cheia de livros. Essas pessoas, se pudessem, diriam que ele nem deveria ter nome. Que a ele bastava um número.

Ele espera pela resposta, sem ansiedade. Parece compreender toda a importância da pausa.

Ela o beija na testa e continua pensando. Não vai admitir racismo e, por causa disso, vai ter que brigar muito. Vai andar na charrete de uma viagem com a qual não contava, mas que agora faz todo o sentido. Ela se apaixonou e vai dar todos os passos mágicos necessários para mudar o discurso e a atitude das pessoas.

Eu matei e enterrei a minha tia. Ela explica, séria.

Xavier e Silva se levantam do tapete de retalhos e se afastam, como se não quisessem ouvir mais nada. Como se, a partir de agora, tudo se tornasse demasiado trágico e insuportável.

João Carlos fica olhando para a feição do rosto dela. Será que imagina que finalmente encontrou a namorada perfeita? Será que é tão misterioso quanto ela. Será que também ele se destina a mexer com o sentido das coisas? Ele sorri e a beija de novo.

Rosalina corresponde ao beijo, durante longos minutos. Depois, diz: desde o primeiro dia, tratei de ir matando a tia Felícia. Com banho de mangueira, com conversas sem pé nem cabeça, com visitas diárias, com corte de cabelo. Por fim, dei o golpe final e a enterrei no jardim.

Qual foi o golpe final? João Carlos pergunta.

Não usei faca nem tesoura.

Usou o quê?

Usei o que mais gosto de usar.

Já sei o que usou, mas quero ouvir da sua boca. Ele diz, tirando-lhe os óculos e beijando-a mais uma vez.

Ao se recobrar do beijo intenso, ela retoma os óculos, ajeita-o no rosto e diz: usei as palavras. Falei que esta casa estará sempre aberta e que os livros estarão sempre disponíveis. Falei que vou pegar o dinheiro guardado e mandar restaurar o muro, não para criar uma barreira, mas para dar vida nova a um muro destroçado. O muro terá um portão sempre aberto para quem quiser entrar.

Vê lágrimas nos olhos dele e continua: falei que a partir de agora, ela vai ter um codinome, Valentina Vitória, em homenagem a uma personagem de um livro que li e que me deixou muito triste ao se matar. Jovens não devem se matar. Há livros no mundo e só isso já é motivo para viver.

E Rosalina continua a explicar: tirei dos guarda-roupas a roupaiada que ninguém usa, vou mandar lavar e vou inventar um modo de dar utilidade a esse mundaréu de vestido, saia, blusa, calça, terno, gravata, casaco, anágua, combinação e corpete.

Num ritual mágico, peguei uma vestimenta da tia Felícia, a mais horrorosa de tão puída, e enterrei no jardim. Esse é o presente que dei a ela. A horrorosa de tão puída está enterrada no jardim. A nova tia Felícia deve estar lá na cozinha. Ela disse que hoje a merenda vai ser um bolo de milho. Mal sabe ela que teremos um convidado.

Antes de irem para a cozinha, Rosalina abre de novo a mochilinha e mostra a João Carlos o caderno de recordação da Engrácia Maria do Rosário. Folheia algumas páginas. Lê um trecho ou outro, ante a feição de surpresa e encantamento dele. Como conseguiu essa preciosidade? Eu sempre soube que a dona Olímpia jamais permitiu que alguém tivesse acesso a esse caderno, Rosalina.

Eu mexi com o sentido das coisas. Com esse caderno, vou ter material para a minha monografia. Eu ia fotografar as páginas, mas, olha só que atitude mais livro, a Olímpia do Jacinto da Vicentina do Pedro disse que posso ficar com o caderno o tempo que for preciso. Eita, Rosalina, que responsabilidade, hem?

Vou cuidar dele direitinho. Depois, essa preciosidade ficará aqui na biblioteca da rua Engrácia Maria do Rosário, à disposição de quem quiser abrir suas páginas e ler a história da mulher da estrela torta no rosto. A mulher que, além de viver o seu tempo, sugeriu ideias e atitudes que vão além do tempo.

Você disse "a mulher da estrela torta no rosto?" Como assim, Rosalina? Aguarde, João Carlos. Um dia você também vai ler o caderno inteiro.

E os documentos? Ele pergunta. A dona Olímpia guarda documentos importantes que incriminam gente poderosa, você sabe disso, não sabe? Rosalina morde os lábios e ajeita os óculos. Sim, a minha mãe fala bastante desses documentos, parece que eles têm um elo com o mistério do meu bisavô.

Na nossa família, o bisavô Paulo é um mistério. Já pensou se eu consigo desvendar o mistério do meu bisavô? Decerto os tais documentos incriminam gente poderosa que prejudicou gente simples. Fico imaginando que são papéis que comprovam, por exemplo, que o meu bisavô foi enganado por algum fazendeiro cheio dos cobres, como se dizia antigamente. Um fazendeiro riquíssimo.

A dona Olímpia foi noiva do meu avô Olinto, mas acabou sendo desprezada por ele, que noivou e se casou com outra, sendo que essa outra é a minha vó Alice. Eita, que história, hem? Pois é, mas o bisavô Paulo é um mistério na família. Quem sabe eu vou acabar descobrindo a história dele?

A dona Olímpia um dia me disse que o caderno de recordação é a vingança dela, mas isso deve ser um ato falho. A vingança dela, de verdade verdadeira, são os documentos que ela esconde, os papéis incriminadores. Para os poderosos, o dinheiro vem sempre em primeiro lugar. Quero muito desvendar o mistério do meu bisavô Paulo; quem sabe com isso eu abra as comportas da história mais impressionante da minha família?

Não me conformo quando dizem que o bisavô Paulo é um mistério e fica por isso mesmo. E por que a dona Olímpia, em vez de dar fim aos documentos, jogando-os no fogo ou rasgando tudo, opta por guardá-los no escritório? Não deve ser um simples apego. Talvez ela esteja à espera de alguém que lute por esses papéis.

Alguém de óculos e cabelo curtinho, diz João Carlos, sorrindo.

Ela também sorri e continua: mas desta vez eu só pensei no caderno. Por causa da monografia, sabe? Eu fui egoísta.

Ele afaga o rosto dela: vou estar sempre a postos, enquanto você estiver no encalço desses papéis. Ela fica radiante: que namorado mais livro! Em seguida, a feição do seu olhar é de preocupação: eu imagino que isso vai ser bem mais complicado, porque envolve o poder do dinheiro. Não acredito que a dona Olímpia vá facilitar as coisas nesse aspecto. Essas famílias poderosas não abrem mão dos privilégios, a gente sabe. Eu sei, Rosalina. Como eu sei! Ele enfatiza. Então ela o beija de novo. Em seguida, diz, vai ser bem mais complicado, mas ter a sua companhia vai tornar a aventura muito mais alegradora.

Primeira vez que escuto alegradora, ele diz, emocionado. Gostou? Ela pergunta, beijando-lhe o queixo. Gostei demais! Me aguarde, moço, eu sou a viajante dos compromissos mágicos e nessas aventuras eu guio a charrete das palavras abandonadas, das palavras esquecidas, das palavras desenterradas e trazidas de volta à vida.

Ele a beija no rosto e diz: por falar em trazer de volta à vida, precisamos cuidar também do caso da proibição de poesia na feira de sábado. Você sabe desse caso, não sabe? Sim, a minha mãe me contou. Pois é, os estudantes continuam presos. O prefeito não arreda o pé. Os feirantes também não arredam o pé. A cidade está agitada, todo mundo adora a feira e a quer de volta.

Então ela diz: vamos convidar as pessoas para virem declamar poesia na casa da rua Engrácia Maria do Rosário! Vamos fazer um movimento! Com uma plateia bem numerosa, vamos ter poesia na casa mágica. Serão tardes e noites de poesia. Depois de muita poesia, acabaremos inventando o melhor modo de desobedecer a essa ordem imposta pelo prefeito. O ministério de poesia vai nos levar a uma desobediência poética na praça!

A CASA MÁGICA 115

Imagina, João Carlos, um mundaréu de gente dizendo poesia na praça, exigindo com poesia a volta dos estudantes e da feira, para que a feira continue com poesia. O prefeito tem a teimosia dele? Nós temos a nossa. Vamos ver quem tem mais força, como diz a Dorlinda. E puxa-o pela mão em direção à cozinha.

Ao entrarem, Rosalina vê que Felícia da Alice do Olinto do Paulo tem vinte anos. Voltou a gostar de movimento. É Valentina Vitória renascida, sem dúvida. Acendeu o fogão de lenha, coou café na trempe do fogão de lenha, acabou de tirar o bolo de milho do forno do fogão de lenha. Coloca-o numa bela travessa que há tempos não saía da cristaleira. O cheiro do bolo se espalha e, de mãos dadas com João Carlos, a filha da Dorlinda se aproxima da tia.

Se ainda fosse a velha tia Felícia, examinaria o rapaz e faria cara de reprovação. Mas é a nova tia Felícia que, ao ver as mãos dadas, aproxima-se do namorado da sobrinha e diz, toda airosa: que moço lindo! Hoje vamos merendar com um moço lindo! Estou esbodegada, foi difícil acender o fogo, perdi o costume com a lenha, mas que alegria, menina, você arrumou namorado! Você é de quem, rapaz? Rosalina recosta a cabeça no ombro dele e mais uma vez se encanta com a resposta: Eu sou o João Carlos da Mariana do Faustino da Francisca do Gilberto.

No início da noite, na rodoviária, Rosalina se despede do namorado e entra no ônibus. Antes de se sentar, olha-o da janela. Ele ainda está na plataforma. Ela sorri. Ele também sorri. Ficam se olhando por alguns instantes. Depois, Rosalina tira a mochilinha das costas, senta-se na poltrona de número sete e apoia a mochilinha no colo. Ajeita os óculos de aro azul.

O ônibus vai andando em direção a Belo Horizonte. Primeiro, vai ter paradas em Pompéu e Abaeté. Rosalina fecha os olhos e fica se lembrando da pousada Sete Marias.

Fica se lembrando do modo de agir de cada Maria. Será que a Maria do domingo, mesmo sendo a das Flores, jamais tem flores no quarto dela? Será que a Maria da segunda-feira, mesmo sendo a da Conceição, jamais conceberá um filho? Será que a Maria da terça-feira, mesmo sendo a de Fátima, jamais visitará Fátima em Portugal? Será que a Maria da quarta-feira, mesmo sendo a do Socorro, jamais salvará as irmãs do risco de perderem a pousada? Será que a Maria da quinta-feira, mesmo sendo a do Carmo, jamais irá ao Carmo do Paranaíba? Será que a Maria da sexta-feira, mesmo sendo a dos Remédios, jamais se curará da sinusite? Será que a Maria do sábado, mesmo sendo a de Lourdes, jamais conhecerá a França?

Rosalina rememora os sete passos da viagem. Pensa no número sete, que antigamente era escrito com um risco ao meio. Lembra de Dorlinda e sua vida de professora. Ela amiúde às voltas com as composições dos alunos. Vive dizendo que gosta de vê-los lendo mais e escrevendo com mais crítica e criatividade. Ela prefere dizer "composição", em vez de redação. A mãe também cavouca o chão e desenterra palavras abandonadas. Trabalha tanto e ganha tão pouco. Rosalina não se conforma com a dura realidade das pessoas que advogam a favor do conhecimento.

Muita saudade da Dorlinda. Desde que se separou do Henrique, nunca mais namorou. Vive atolada no trabalho.

Rosalina abre os olhos e a mochilinha. Pega um livro. Vai continuar a ler o livro que a acompanha nessa viagem. Tira o marcador e, antes de recomeçar da página marcada, fica estatuada por alguns instantes, suspensa no ar, parecendo uma espaventada, agindo como se a vida pudesse durar para sempre, como se nada mais a impedisse de viver para sempre, porque existe esse momento em que ela pode imaginar que viverá para sempre.

Ao se mover de novo e deitar os olhos sobre a página marcada, ela imagina que tenha vivido apenas a primeira das viagens dos compromissos mágicos. Haverá muitas outras. Há muito o que fazer a cada dia. Há a possibilidade de o ministério de poesia levar as pessoas a uma desobediência poética na praça. Há João Carlos começando os trabalhos. Há os documentos, os papéis incriminadores, esperando que alguém lute por eles. Há as comportas da história mais impressionante da família? Há o mistério do bisavô Paulo. Há ruínas que precisam ser restauradas. Há muito o que inventar e descobrir, para que velhos silêncios e velhas palavras encontrem morada nova.

SEGUNDA PARTE

O sonho de liberdade

A REUNIÃO

O que veio na pequena mala cinza-escuro? Cinco blusas, duas camisetas, uma calça jeans, uma saia, um vestido, um casaco, sete calcinhas, dois sutiãs, um par de sandálias, um par de sapatos de salto baixo, um par de tênis, uma tia morta e uma bolsa contendo sabonete, xampu, dentifrício, escova de dente e hidratante com protetor solar. O funcionário da empresa de ônibus que retira a mala do bagageiro e a entrega à Rosalina, não sem antes confirmar, por uma etiqueta colada na mala, que ele devolvia a bagagem correta, nem de longe imaginaria que dentro da pequena mala cinza-escuro há uma tia morta.

Ao ajeitar a mochilinha nas costas e começar a carregar pela plataforma sua mala de rodinhas mágicas que tanto facilitam a vida, Rosalina fica observando o burburinho de gente, a barulheira, a azáfama rotineira da rodoviária de Belo Horizonte. Já são quase onze horas da noite e ela caminha em direção ao ponto de táxi.

Já passa da hora de você baixar um aplicativo e pagar mais barato, vive dizendo a Luciana, mas Rosalina é avessa a essas modernidades, só usa o celular para coisas indispensáveis. A Luciana também não fica grudada no aparelho, também foge à regra, no entanto, usa um pouco mais e costuma dizer que a amiga é do tempo das carruagens. Sou do tempo das charretes, isso sim, Rosalina diz baixinho, fazendo sinal para o motorista do táxi, o primeiro da fila de inúmeros veículos que esperam viajantes que desembarcam na rodoviária.

O motorista nem de longe devanearia que vai levar no porta-malas, dentro da pequena mala cinza-escuro, uma tia morta esquadrinhada em vetusto porta-retrato, foto antiga dada de presente pela tia viva.

Boa noite! Rua Bernardo Guimarães, 77, por favor. O motorista é um senhor já bem adiantado da idade, quase totalmente careca, pouquíssimos cabelos brancos na nuca. Boa noite, senhorita. Ela põe o cinto, morde os lábios, ajeita os óculos e fica olhando para a rua ainda cheia de gente andando para lá e para cá.

Com toda a certeza, Bernardo Guimarães espera por ela com um exemplar do seu famoso romance *A escrava Isaura*.

✦

Assim que entra na saleta da pensão de dona Alzira, respira fundo. Sente-se bastante cansada e precisada de um banho. Não há ninguém por ali a essa hora, quase meia-noite. As hóspedes têm as chaves do portãozinho, da porta principal e do quarto, para facilitar o trabalho de dona Alzira, que conserva um sobrado antigo em meio a prédios modernos e nele hospeda moças estudantes.

Abre a porta do quarto com cuidado, para não acordar Luciana. Encosta a mala na cama junto à janela, faz questão de dormir junto à janela. Observa Luciana e constata que a amiga dorme profundamente. Tira dos ombros a mochilinha e põe os óculos na mesinha entre as duas camas.

Abre cuidadosamente a mala, ansiosa em pegar a bolsa com os apetrechos para o banho.

No entanto, não é só na bolsa que ela toca.

É admirável como sorri ao tocar também no retrato da tia morta. Bom demais saber que a tia aos poucos se cura do mal das águas represadas e agora respira em sua morada nova.

Enquanto se encaminham para a reunião com os colegas, Rosalina se detém diante da rua Gonçalves Dias e Luciana olha para ela. O sinal está aberto! Eu sei, Luciana, mas espera um pouco. Luciana ri. Já imagina o que virá. Bem provável que um dia a gente também entoe a "Canção do exílio", viu, Luciana? Gonçalves Dias está me dizendo isso. Essa história de apoiar a greve dos professores pode dar em muita confusão, você sabe.

Muitos carros, muita gente, muito barulho nesta manhã de sexta-feira. As duas amigas estatuadas diante da rua Gonçalves Dias. Rosalina observa que Luciana, ao parar de rir, puxa com a ponta dos dedos o cabelo para detrás das orelhas. Sempre que fica nervosa, Luciana puxa o cabelo para detrás das orelhas, fincando-lhe a ponta dos dedos. Um pouco mais baixa que Rosalina, a amiga ergue o olhar para ela e diz: viver é perigoso, disse o Guimarães Rosa, eu vivo com medo, você sabe, mas sempre te acompanho. Vamos logo para a reunião, Rosalina.

Temos a presença do Gonçalves Dias, não vê? Insiste Rosalina, ainda parada ao lado do sinal de trânsito. Sim, eu vejo, "minha terra tem palmeiras onde canta o sabiá", diz Luciana. E Rosalina continua: o Bernardo Guimarães nasceu em Ouro Preto e o Gonçalves Dias em Caxias, no Maranhão. Mas os dois costumam se encontrar aqui perto. Acho que tomam café naquela padaria ali, ó. Ficam trocando impressões sobre o Brasil atual. A gente podia tomar café com eles! Sugere Luciana. Hoje não, claro, temos reunião daqui a pouco, diz Rosalina, mas qualquer dia desses, faremos isso, pode apostar que sim.

Luciana puxa a amiga pelo braço e finalmente elas atravessam a rua Gonçalves Dias. Ao chegarem à porta de um velho edifício, avisam ao porteiro que elas também são convidadas da festa de aniversário do Lucas Silveira. Dizem seus nomes e o porteiro os confere na lista.

Autorizadas a participar da festa de aniversário, Rosalina e Luciana entram no elevador e descem ao porão do velho prédio.

A maioria está agitada e irrequieta. Algumas meninas falam baixo no ouvido uma da outra. Há cerveja e água para quem quiser. Sentados no antigo assoalho de madeira, os estudantes prosseguem com a reunião. Não conseguimos amealhar muita gente, diz Eurípedes em sua voz bem articulada de sempre. Ele sabe projetar a voz de um modo que todos o ouçam muito bem, sem precisar gritar. Penso que temos uns cento e vinte colegas até agora. O medo abala muita gente. Há forte repressão à greve dos professores. Mas precisamos apoiá-los! Os salários estão atrasados há quatro meses e as condições de trabalho pioraram bastante. Além disso, não esqueçamos que duas professoras estão na cadeia, acusadas de darem início a um movimento de tumulto na universidade. Eurípedes fez com os dedos o sinal de aspas ao dizer "tumulto" e agora continua: a prisão delas é arbitrária e configura estado de exceção.

Eurípedes estende o olhar para Lucas Silveira entre os colegas e continua: mais uma vez, Lucas, muito obrigado por ceder esse espaço para o movimento. A ideia da festa de aniversário foi ótima. De uns tempos para cá, estamos cerceados demais. Precisamos nos cuidar. Voltamos aos tempos em que era preciso se reunir às escondidas.

Mais tarde, todos levantam a mão, quando Eurípedes pergunta se participarão da próxima manifestação dos professores, que será na terça-feira seguinte.

Rosalina se lembra de João Carlos e da poesia que precisa voltar a acontecer na praça de Morada Nova, em meio às barracas de comida, roupa e bijuterias.

$$\cdot\!\!\cdot\!\!\diamond\!\!\cdot\!\!\cdot$$

Vamos à rua Alvarenga Peixoto? Sugere Rosalina, logo após o término da reunião. Ela e a amiga estão com fome. Lá tem um boteco de sanduíche a bom preço, ela diz. Além disso, preciso perguntar ao Alvarenga Peixoto como foram seus últimos dias em Angola. Você sabe, o poeta do Brasil colonial, o apaixonado pela

Bárbara Heliodora, participou da Inconfidência Mineira e acabou preso e deportado para Angola. Morreu lá. Parece que foi de uma febre. Quero muito que ele me conte tim-tim por tim-tim como foram seus últimos dias em Angola. Eu quero conhecer Angola! E você, Luciana?

As duas vão andando em direção à rua Alvarenga Peixoto. Luciana de boné preto. Rosalina de boné azul-escuro e mochilinha nas costas. Passos não muito apressados, para não aumentar demais a sensação de calor.

Quanto tempo vai demorar para você me contar como foi a viagem a Morada Nova? De repente Luciana indaga, estancando o passo e olhando firme nos olhos da amiga. Mas Rosalina continua a andar e retruca: você tem vontade de conhecer algum país da África? Eu perguntei primeiro.

Luciana torna a andar ao lado dela. Evidente que sim, responde. Aliás, se eu pudesse, viveria viajando, e Moçambique seria a minha primeira viagem ao exterior. Rosalina: já eu começaria com São Tomé e Príncipe. Adoro o nome São Tomé e Príncipe! Não sei que príncipe é esse, preciso pesquisar. Mas, Luciana, imagina o Alvarenga Peixoto chegando em Angola, no tempo do Brasil colonial. Deu tudo errado na Inconfidência Mineira e ele foi expulso do Brasil. Imagina a viagem de navio que ele fez, até chegar em Angola. Pegou uma febre mortal o poeta. "Bárbara bela do norte estrela, que meu destino sabes guiar, de ti ausente triste somente eu passo as horas a suspirar." Eu gosto de estudar a Inconfidência Mineira, Rosalina, mas no momento estou mais interessada na sua viagem a Morada Nova. Você vai ficar inzonando até quando? Quer me matar de curiosidade?

Rosalina ri alto e as duas se aproximam do boteco.

Ao se sentar, Luciana tira o boné e guarda-o na bolsa pendurada no recosto da cadeira. Rosalina observa-lhe o abundante cabelo castanho e liso batendo nos ombros. Sempre que ela se inclina, o cabelo quase cobre o rosto inteiro, de tão abundante e tão liso. Rosalina também guarda seu boné, enfiando-o na mochilinha. Senta-se de frente para a amiga e ajeita a mochilinha entre os dois pés no chão.

Vou começar pelo final, ela diz.

A atendente, de cabelo preso e faixa florida acima da testa, vem trazendo uma bandeja com os sanduíches e os sucos de laranja. Muito obrigada, as duas dizem ao mesmo tempo, e cada uma pega o sanduíche escolhido e seu copo de suco.

Na mala eu trouxe um retrato da minha tia morta. Por favor, Rosalina, não me fale de coisas fúnebres, tem dó, a gente está comendo. Vou falar sobre a pousada Sete Marias, então. Acredita que sete irmãs herdaram a pousada e cada dia uma fica por conta de cuidar de tudo? A pousada é boa? Pergunta Luciana, ao parar de mastigar por uns momentos. É simples e barata, mas o café da manhã é um banquete se compararmos ao da pensão da dona Alzira.

Cheguei lá na sexta-feira da semana passada, já quase de noite, e fui recebida pela Maria dos Remédios. No sábado, quem cuidou de tudo foi a Maria de Lourdes. No domingo, a Maria das Flores. Na segunda-feira, a Maria da Conceição. Na terça, a Maria de Fátima. Na quarta, a Maria do Socorro.

Rosalina interrompe de propósito, para ver se Luciana estava prestando atenção. Fica em silêncio, comendo o sanduíche e tomando o suco. Alguns momentos se passam.

E na quinta-feira? Luciana indaga. Hoje é sexta-feira e você chegou aqui ontem de noite, portanto, teve a Maria da quinta-feira. Rosalina se alegra com o desvelo da amiga e diz: Maria do Carmo é a da quinta-feira. São sete irmãs para lá de interessantes, Luciana, você precisa de ver.

Aconteceu alguma coisa magnífica? Luciana passeia o olhar sobre o rosto de Rosalina. Tudo me leva a imaginar que sim, pois você voltou bem diferente!

Conheci uma mulher que escondia um caderno de recordação de importância histórica para Morada Nova, diz Rosalina. Um caderno de recordação do século dezenove! Você também vai se encantar com esse caderno, Luciana. Foi escrito por uma mulher de ideias e atitudes revolucionárias. Engrácia Maria do Rosário é o nome dela. Mas eu vou deixar que você leia o caderno. Verá por si mesma que se trata de uma preciosidade. Depois que terminar de ler, a gente volta a falar sobre a mulher do mantô bonina. Ou a mulher da estrela torta no rosto. A cor do mantô e a estrela torta são as marcas do seu destino trágico.

Já estou curiosa com essa história, Rosalina!

Dá para ver pela sua feição, mas vai ter que aguardar um tiquinho. Eu preciso reler o caderno e fazer algumas anotações.

E que mulher é essa que escondia o tal caderno? É a baronesa Olímpia. Ainda existe baronesa no Brasil, Luciana, não duvide. Eu vi uma bem de perto. Como diz a tia Felícia, ela é um purgante! É uma das pessoas mais ricas e mais poderosas de Morada Nova. Mas me diga, você acredita que o nosso apoio à greve dos professores vai surtir efeito? Não muda de assunto, Rosalina. Continue na viagem a Morada Nova.

Rosalina engole mais um pouco de suco de laranja e sorri: em resumo, assassinei a tia Felícia e convenci a baronesa Olímpia a deixar o extraordinário caderno em minhas mãos. Agora eu tenho uma relíquia histórica! Luciana também sorri e diz: além de matar a sua tia, obter um famoso caderno e conhecer sete Marias que são donas de uma pousada, o que mais aconteceu, hem, Rosalina?

Rosalina chama com um gesto de mão a atendente de cabelo preso e faixa florida na testa. Ela se aproxima com um olhar cansado, mas gentil. Sim? Que mais deseja? Um pão na chapa e um café, por favor. Pouca manteiga no pão, está bem? Para mim também, por favor, diz Luciana.

Assim que a moça se afasta, Rosalina fita o rosto da amiga e diz: amar é uma dor linda.

✦

A frase é da sua mãe. Sim, já te contei que caçoavam muito do nome dela na escola, diziam que não existe dor linda, que toda dor é feia e horrível, mas ela soube se impor ao dizer que amar é uma dor linda. Ainda quero conhecer a dona Dorlinda! Diz Luciana. E Rosalina: irei para Dores hoje de tarde, vou passar o fim de semana com ela, quer ir também?

Pudera eu viajar! Estou sem dinheiro, Rosalina. Mas, e as suas aulas particulares? Pergunta Rosalina. E Luciana explica: o pouco dinheiro que recebo por elas vai todo para ajudar nas despesas lá de casa. Meu pai foi mandado embora do emprego, já te contei. Mas ele estava trabalhando de entregador de refeições, você me contou isso também. Pois é, de bicicleta, debaixo de sol e de chuva, mas desembestou a beber. Meu pai agora é um bêbado, Rosalina. Não presta para mais nada. Está definhando.

Rosalina, que gosta de mexer com o sentido das coisas, pensa na frase: o seu pai fazia entrega, e de tanto fazer entrega, se entrega ao vício.

Luciana continua: a minha mãe também estudou pouco e vive de trabalho precário, faz faxina e vende broas de milho. Ou seja, o dinheiro é minguado. O que ganho alfabetizando nos fins de semana os adultos da minha rua é muito pouco, mas tem sido indispensável nas despesas básicas.

As duas amigas comem devagar o pão na chapa. Tomam café. Vários rapazes e moças vão entrando. Alguns cantam. Alguns riem alto. Um dos rapazes grita: ditadura, nunca mais!

Eles estavam na reunião também, Rosalina. Sim, reconheci alguns. Mas, Luciana, eu sinto muito por você, viu? No que eu puder ajudar, conte comigo. Obrigada. Você paga sozinha o nosso quarto na pensão e isso já é um adianto, um presente que jamais vou esquecer. A nossa merenda de agora também é por minha conta, viu, Luciana? Rica eu não sou, a minha mãe é professora, o salário dela é baixo, mas por ser filha única, sou privilegiada, em comparação a você que tem quatro irmãos. Ah, deixa eu te mostrar algumas fotos da tia que eu matei, e do jardim da casa dela.

Depois de ver as fotos no celular da amiga, que logo o guarda na mochilinha, Luciana fica observando a turma de estudantes em algaravia. Depois, circunvagando o olhar pelas janelas do aconchegante boteco, diz: falta você contar sobre o acontecimento que fez você voltar com essa carinha, Rosalina.

Rosalina ri alto.

Anda, avia. Me conta logo. Já chega de adiar. Você foi com uma cara e voltou com outra. Essa sua carinha não me engana.

Rosalina ajeita os óculos. O nome dele é João Carlos. É o cozinheiro da pousada Sete Marias. Também gosta de ler, igual a gente. Vai de bicicleta para a biblioteca de Traçadal. A gente se beijou bastante. Ele e eu vamos revolucionar Morada Nova!

✦

Mais tarde, no quarto da pensão de dona Alzira, enquanto Rosalina arruma as coisas para a sua viagem a Dores do Indaiá, as duas amigas conversam mais um pouco. A janela aberta diante da parede de um prédio alto traz pouca luz e abafa o ambiente. Rosalina liga o pequeno ventilador na mesinha entre as camas.

Sentada de pernas cruzadas em sua cama, as costas apoiadas na parede, Luciana acompanha com o olhar a arrumação das coisas da Rosalina.

Uma revolução em Morada Nova! Desenvolva esse assunto, por favor. Eu havia contado a você que eu tinha uma tia muito esquisita que morava lá, lembra? Lembro, claro. Pois é, ela vivia dizendo: aqui só entra, daqui nada sai. Ela se considerava a guardiã das relíquias da família, mas, na verdade, ela era a carcereira. Acredita que na casa tem cento e quarenta e quatro cadeiras? Viviam cheias de poeira. Nos armários envidraçados, milhares de livros maravilhosos, mas trancados. Livros trancados a chave, Luciana, um crime!

Agora os livros são livres. A carcereira eu assassinei e fiz questão de trazer na mala o seu retrato em vetusta moldura. Mas voltemos a Morada Nova. As cento e quarenta e quatro cadeiras estarão disponíveis para quem quiser entrar e participar de tertúlias, saraus, leituranças, escrevinhanças, batalhas poéticas. Com poesia, o João Carlos e eu vamos revolucionar Morada Nova! Eu quero também desvendar o mistério do meu bisavô Paulo. Descobrir o porquê da minha família ficar dizendo apenas que ele é um mistério. A minha avó Alice era a rival da dona Olímpia, uma das mulheres mais ricas e mais poderosas de lá, a que escondia o caderno de recordação da Engrácia Maria do Rosário. Vou tratar de pegar os documentos que a dona Olímpia esconde no escritório dela. Vou fazer de tudo para acabar com o mal de águas represadas.

Rosalina puxa o zíper e fecha a mala cinza-escuro. E fitando o rosto entre espantado e comovido de Luciana, diz: você sabe, eu vivo de compromissos mágicos. Não me conformo com as coisas. Eu gosto de mexer com o sentido das coisas.

Você volta no domingo ou na segunda-feira? A manifestação vai ser na terça de manhã, Rosalina. Fica tranquila, Luciana, vou estar na manifestação com você. Vou apoiar a greve também. Vai ser o meu compromisso mágico da terça-feira.

Rosalina apruma a mochilinha nas costas. Dá um beijo no rosto de Luciana. Abre a porta e sai.

O REENCONTRO

Durante a viagem de ônibus a Dores do Indaiá, relê algumas páginas do caderno de recordação da Engrácia Maria do Rosário, a fazendeira que sempre que saía de casa jogava sobre os ombros o mantô bonina. Se o mantô fosse preto ou marrom, tudo bem, mas bonina é pecado, diziam os padres. O marido de Engrácia mandava castigar os escravizados que ousavam erguer a cabeça ou reclamar de algo. Eram torturados com requintada crueldade. Chamava-se Antero Silvino da Cruz. Ele era uma cruz na vida da Engrácia, que se casou com ele por ordens do pai. Era assim naquele tempo. As moças se casavam com quem o pai escolhesse. Engrácia relutou muito, pois gostava de namorar e pretendia viver apenas namorando, mas acabou cedendo.

No Alto São Francisco, ela providenciou a construção de uma casa e disse: aqui vai ser a minha morada nova. Devota de Nossa Senhora do Loreto, mandou construir uma capela em homenagem à santa. Durante um tempo o lugarejo passou a ser chamado de Nossa Senhora do Loreto de Morada Nova. Depois, tornou-se apenas Morada Nova.

Sem que o marido soubesse, ela protegia os escravizados. Alimentava-os muito bem. Vez ou outra tinha conseguimento de evitar castigos e injustiças de todo tipo. Ensinava-os a ler e escrever. Lia livros em voz alta para as crianças e os velhos.

Gostava de namorar e namorava outros homens. Tinha amásios, amantes, namorados. O marido tinha amásias, amantes, namoradas, ele podia, era homem. Durante um tempo, fingiu não saber sobre os encontros da mulher com outros homens, mas um dia, gritando que já estava exaurido do simulacro de que não sabia de nada, puxou-a pelos cabelos, que eram longos e cacheados. Pegou uma tesoura e cortou-os rentes à nuca. E com a mesma tesoura, riscou fundo um desenho no rosto dela, que sangrou muito, criou feridas que foram cuidadas por uma negra e suas ervas. O marido enfiara bem fundo a tesoura. As marcas ficaram e lembravam o desenho de uma estrela torta.

Engrácia era a mulher da estrela torta no rosto.

O marido continuou se deitando com todas as mulheres que ele quisesse ou forçasse, afinal, era homem.

Quando ficara noiva de Antero Silvino da Cruz, Engrácia fizera a exigência de que ela escolheria o lugar onde o casal moraria e que a construção da casa atenderia aos gostos dela. O noivo considerou a exigência muita liberdade por parte da nubente, entretanto, concordou, decerto imaginando que o amor à liberdade teria aí o seu limite. No caderno de recordação a letra bonita de Engrácia diz que é muita injustiça só o homem ter liberdade. Ela amava a liberdade.

Viúva, libertou os escravizados e os ajudou a recomeçar a vida. Foi quando a igreja se voltou contra ela. Não toda a igreja, certamente, pois havia os padres que agiam com desvelo e fraternidade, mas a igreja que só pensava no poder era favor da escravidão. Já não a perdoava pelo fato de ser adúltera, proibia-a de entrar na igreja que ela mandou construir, mas a perseguição tornou-se implacável quando a mulher do mantô bonina libertou os seus escravizados. Foi um acinte. Foi uma desautorização. Naquele tempo, mulher de respeito não se atrevia a mudar as regras impostas pela lei e pela igreja impiedosa. Ao morrer, com toda a certeza a mesma igreja que ela mandou construir não lhe concedeu a extrema-unção.

Olímpia do Jacinto da Vicentina do Pedro guardava esse caderno histórico. Essas palavras que precisam ler lidas e comentadas, pensa Rosalina, fitando a estrada pela janela do ônibus. Todo mundo precisa ler esse caderno. "Principalmente a gente que é mulher." Essa frase da Maria de Fátima, uma das sete da pousada Sete Marias, volta sempre à mente.

A monografia no curso de Letras terá como escopo uma análise da linguagem utilizada por Engrácia Maria do Rosário, a senhora do mantô bonina. A mulher da estrela torta no rosto.

Rosalina agora se lembra da casa mágica. Lá estão os livros finalmente livres do mal de águas represadas. Os armários envidraçados têm muitos livros raros. Um deles é *Úrsula*, o primeiro romance escrito no Brasil. Uma mulher negra, Maria Firmina dos Reis, de São Luís do Maranhão, é a autora do primeiro romance escrito no Brasil.

Rosalina não se conforma com o fato de as mulheres negras terem mais dificuldade para publicar. Para as brancas também não é fácil, mas para as negras os empecilhos são sempre maiores e mais injustos.

Ela gosta de mexer com o sentido das coisas. Ela viaja na charrete dos compromissos mágicos. Vai escrever um artigo sobre Maria Firmina dos Reis e o seu romance inaugural. Respira fundo e ajeita os óculos de aro azul.

Dorlinda tira a mala das mãos de Rosalina, deixa-a no assoalho, abraça a filha demoradamente, depois diz: deve ter muita coisa para contar, mas, por favor, primeiro me diga como está a Felícia.

Rosalina puxa dos ombros a mochilinha e joga-a sobre o sofá. Dá um beijo no rosto de Dorlinda. Em seguida, noticia: a sua irmã está morta. Eu sou uma assassina.

Vê o olhar arregalado de Dorlinda e em seguida um ar de riso. Você continua vocabulária. Na verdade, mãe, eu continuo mexendo com o sentido das coisas. Me deixa fazer xixi e depois tomar um banho? Em seguida eu te conto tim-tim por tim-tim como foi que matei e enterrei a tia Felícia, está bem?

Enquanto você toma banho, vou arrumar alguma coisa para você merendar. Ou está sem fome?

Rosalina observa os primeiros cabelos brancos da mãe. O olhar tenso e irrequieto. As rugas ao redor dos olhos. De comida eu estou sem fome, não se preocupe. Mas minha fome de acabar com o mal de águas represadas só faz aumentar! Dá outro beijo em Dorlinda e corre para o banheiro.

Na cozinha, bebendo chá de camomila, mãe e filha conversam sobre a viagem a Morada Nova.

Então quer dizer que agora a Felícia é outra pessoa! Isso mesmo, mãe, a Felícia do mal de águas represadas está mortinha da silva xavier. Minhas visitas a ela levaram vento e movimento. Acho que, no fundo, ela sempre foi uma pessoa mais amorável, só estava precisando de um banho de insistência e alegria, sabe? Eu tinha razão quando imaginei que você daria conta desse embondo, filha. Você é muito ladina. Vive tresfoliando com as palavras e isso vai fundo na alma das pessoas.

Gostoso esse chá, mãe. E já está me deixando quase caindo de sono. Mas antes de ir para a cama, filha, me fala um pouco mais sobre o rapaz da bicicleta. Ele é de quem?

Rosalina sorri ao se lembrar de como as pessoas em Morada Nova perguntam pelo nome de alguém. Lá ninguém indaga "qual é o seu nome?" Ou "como você se chama?" O modo é assim: você é de quem? Fulano é de quem? Sicrana é de quem? A resposta vem com o primeiro nome da pessoa, ou o nome duplo da pessoa, se for o caso, em seguida se diz o nome da mãe e o do marido — quando não há marido, pula-se para o nome da avó ou do avô —, depois, o nome da bisavó ou do bisavô.

Ela dá um beijo na mãe e diz: João Carlos da Mariana do Faustino da Francisca do Gilberto.

Não tenho a mínima ideia de quem sejam a Mariana e o Faustino, diz Dorlinda, despejando o resto do chá na xícara de Rosalina. Quais são os negros de Morada Nova que você conhece, mãezona? Conviveu com quais quando era menina?

Dorlinda enruga a testa. Fica pensando por alguns instantes. Depois, diz: só me lembro da Inês da Natércia do Itagiba da Carmosina do Osório.

Você teve rara convivência com eles, dona Dorlinda. Pelo que sei, a nossa família tem um racismo disfarçado de elegante e fingido alheamento. Agora você pegou pesado, Rosalina. Não é bem assim! Tem certeza, mãe?

Dorlinda fita o olhar de Rosalina.

Não me diga que... Ato contínuo, a filha completa a frase: o João Carlos é negro.

Dorlinda ergue-se e põe sua xícara dentro da pia. Fica de costas para a filha por alguns momentos. Depois, volta-se para ela. Seus lábios tremem um pouco.

Não conte para o seu pai. Ele não vai aceitar. Estamos no século vinte e um, mãe. Meu pai não tem que aceitar esse ou aquele namorado meu. Eu sou a viajante dos compromissos mágicos e, se necessário, vou fazer o meu pai tratar muito bem o João Carlos. Vou ensiná-lo a respeitar um ser humano. E você, mãe? Me diz qual é o seu sentimento.

Dorlinda parece hesitar. Parece ter uma lembrança que a incomoda. Parece pensar diferente do pai de sua filha. Depois, abraça-a demoradamente. E diz: quando eu era menina, já me angustiava com o racismo do meu pai. O seu vô Olinto vivia humilhando quem não fosse branco como ele. Fui tomando consciência cada vez mais, Rosalina. Estou muito empolgada com a casa mágica da rua Engrácia Maria do Rosário. Quero participar das tertúlias de lá, sempre que puder.

Rosalina dá mais um beijo na mãe.

E antes de ir para a cama, ouve mais uma frase que jamais esquecerá: eu devia ter assassinado o meu pai, o seu avô Olinto.

No outro dia é domingo.

Mãe e filha fazem faxina, comem pão com ovo e tomam café, sem parar de conversar.

Na pousada Sete Marias, hoje é dia da Maria das Flores, mãe. E amanhã será de quem? Da Maria da Conceição. E na terça-feira? Da Maria de Fátima. E na quarta? Da Maria do Socorro. E na quinta? Da Maria do Carmo. E na sexta? Da Maria dos Remédios. E no sábado? Da Maria de Lourdes.

Dizem que elas nunca mudaram o dia! Comenta Dorlinda. Metódicas e sistemáticas que só elas! Rosalina fica pensando nisso. E argumenta: um dia essa rotina será abalada por algum imprevisto. Um dia, a Maria do sábado, que é a Maria de Lourdes, vai ter que trabalhar no domingo também, porque a Maria das Flores vai amanhecer com disenteria.

Elas continuam tresfoliando.

Dorlinda perscruta: mas por que a Maria de Lourdes, que trabalhou no sábado o dia inteiro, é que vai ter que repetir o expediente no domingo? Por que não alguma outra Maria?

Rosalina responde: porque a Maria da segunda vai amanhecer com febre terçã. A Maria da terça vai amanhecer com uma febre quartã. A Maria da quarta vai amanhecer com uma enxaqueca medonha. A Maria da quinta vai amanhecer desmemoriada. A Maria da sexta vai amanhecer ceguinha da silva xavier.

Elas riem e continuam a conversar, enquanto faxinam a casa. Vez em quando, comem rodelas de banana com canela em pó.

Teve também as hóspedes de Sete Lagoas. De Sete Lagoas para Sete Marias. Fiquei encantada, mãe.

Você é encantada com as palavras, filha. Desde pequenininha. Herdei de você essa vida dicionária, mãe. Mas me conta uma coisa, dona Dorlinda, continua sem perspectiva de beijar e fazer outras tantas coisas afogueadas? Depois do papai, você nunca mais. Não me diga que não sente falta.

Sinto falta, claro, mas nunca mais aconteceu. Nunca mais as minhas pernas tremeram. Nunca mais o meu coração acelerou por alguém. A triste convivência com o Henrique me apagou.

Rosalina se lembra do presente que a Maria dos Remédios deu a ela, quando disse uma outra palavra referente ao abajur do quarto. Então ela sorri e diz: não seja um lucivéu o tempo todo apagado, viu, mãe?

$$\star$$

Quase duas horas da tarde. Rosalina tomou banho, vestiu blusinha branca e saia amarela com a barra nos joelhos, calçou sandálias de dedo e penteou o cabelo. Agora observa as plantas que a mãe cultiva na varandinha da sala. Sem os óculos, ela vê as coisas meio embaralhadas. As suculentas, os cactos, as pimenteiras, os antúrios, o comigo-ninguém-pode, os lírios, as samambaias e as orquídeas parecem se entremear ante a luz do sol.

Rosalina estatuada diante dos vasos de plantas da varandinha.

Por alguns instantes, prefere ver tudo meio confuso, como se lírios bebessem pimenteiras e suculentas comessem antúrios. Como se cactos e orquídeas pulassem em cima de samambaias. Ou todas essas folhas e flores significassem que comigo-ninguém-pode, ela pensa, rindo alto.

Põe os óculos, vai para a cozinha e se aproxima do filtro de barro sempre empertigado num canto da pia. Enche um copo de água e vai bebendo devagar, em pé, as costas apoiadas na quina do granito da pia.

Dorlinda da Alice do Olinto do Paulo já está de banho tomado e roupa trocada. Vem vindo a passos lentos para a cozinha.

Sou outra pessoa agora, filha! Nada como um bom banho, não é mesmo? Rosalina, que gosta de mexer com o sentido das coisas, dá prosseguimento à entretenga: quem é você agora? Ao ver a filha tomando água, Dorlinda também vai ao filtro e enche um copo para si.

Fala, mãe. Você disse que é outra pessoa agora. Me conta quem é você. Sou a Lindorad e estou de malas prontas para Luanda. Rosalina se alegra com o anagrama. Com as letras de Dorlinda, você criou Lindorad, que encanto, mãe. O anagrama que mais adoro é Caterina virar Natércia, diz Dorlinda. De Roma virar amor também gosto muito.

Rosalina pensa um pouco e diz: Alice virar Célia é bonitinho demais! Mas, em vez de Lindorad, você podia ter virado Dinlorad. De um modo ou de outro, não é um nome comum. Se quisermos continuar com nome incomum, você pode virar Lindador, o que acha? Se existe Leonor, pode existir Lindador. Concordo, viva a anagramática!

As duas pegam tamboretes e se sentam de frente uma para a outra, ao pé da pia.

Mas me conta, Lindorad, qual o motivo da viagem para Angola?

Quero ver de perto a maravilhosa estátua da Jinga que fica diante das muralhas da Fortaleza de São Miguel, o atual Museu de Luanda. O olhar da Jinga contempla as praias e os rochedos. Quero saber mais sobre essa mulher que tanto atiça a imaginação da gente! Ana de Sousa é o nome português e cristão da rainha Jinga, que foi uma grande guerreira. Ela era muito corajosa e irreverente. Feminista e estrategista nas guerras. Defendia o povo dela a qualquer custo. Tinha sempre um punhal pendurado no pescoço e um machado à cintura. Sabia ler e escrever. Suas roupas eram de finos tecidos africanos. Enfeitava-se com joias e adereços de ouro e corais. Sempre com uma coroa na cabeça, andava descalça. Era cruel com os inimigos e provocou barbáries. Tinha vários amantes. Dizem que no final da vida, se tornou cristã e pediu perdão pelos pecados. Quero pesquisar sobre ela. Saber o que é mito e o que é verdade de fato. Uma figura assim atiça muito a fantasia e pode haver algo que ainda precisa ser comprovado, sabe? Vou adorar passar, digamos, dois ou três meses em Luanda, atolada em documentos sobre a Jinga, a rainha negra de Angola.

As duas sorriem. Mas parece que Dorlinda, mesmo sorrindo, quer dizer alguma outra coisa, e não diz, engole a coisa e continua sorrindo.

Em Rosalina permanece a sensação de que faltam palavras nas frases da mãe. Era como se, misteriosamente, a mãe só precisasse pegar um par de brincos guardado em uma gaveta emperrada que ela, por preguiça ou maldade, não tratasse de abrir, para finalmente devolver o lindo par de brincos que pedira emprestado. A mãe finge que não houve a promessa.

Mãe, o João Carlos é apaixonante. Só o fato de ser cozinheiro na pousada Sete Marias durante a manhã e depois ir de bicicleta para a biblioteca de Traçadal, que maravilha! Meu namorado é tão livro e tão cinema! Está mesmo encantada com ele, Rosalina. Primeira vez que te vejo assim.

Rosalina ajeita os óculos e diz: a verdade verdadeira, mãe, é que não é um simples enleio. Como pode ter certeza? Na sua idade, a gente dorme gostando de alguém e acorda nem se lembrando mais da pessoa, às vezes acorda até com ojeriza da criatura. Me aconteceu coisa desse tipo tantas vezes quando eu era moça! Já me aconteceu também, mas agora é bem diferente. Como pode ter certeza?

Porque é Morada Nova. Porque é no Alto São Francisco. Porque passei alguns dias na pousada Sete Marias. Porque o João Carlos é o rapaz da bicicleta que olhou para mim de um modo que abriu todas as comportas da represa das palavras abandonadas.

Dorlinda fica olhando para a filha. Toma-lhe as mãos.

Mãezona, eu sei que agora estou vivendo um namoro mágico. Eu sou a viajante dos compromissos mágicos e o João Carlos fez comigo uma aliagem. Estamos aliançados, mãe. Vamos chacoalhar Morada Nova. O prefeito mantém na cadeia os estudantes que recitavam poesia na feira de sábado, porque nos poemas tem versos que falam verdades, que denunciam coisas horríveis. O João Carlos e eu vamos abrir a casa mágica na rua Engrácia Maria do Rosário e a partir de lá vamos fazer um movimento na cidade. A poesia vai voltar à praça da feira e isso acontecerá de um tresmodo tão bonito que o prefeito se verá obrigado a soltar os estudantes.

De certo modo, filha, você é uma romântica, uma dona Quixote. No sentido de que é sonhadora, que lembra a literatura inspirada na cavalaria, Dom Quixote, laivos de devaneio, lirismo e arrebatamento.

Gostei de laivos! Fazia tempo eu não ouvia!

Você herdou a minha paixão pelas palavras e pela literatura.

As duas se abraçam e se levantam.

Um bem-te-vi aparece na janela da cozinha. Quieto no peitoril, como se tivesse sido convidado, como se precisasse daquele pedaço de pedra de mármore para descansar de um voo que quase o exauriu por completo. Como se, ao receber o olhar de Rosalina, pudesse revigorar o seu frágil coração de bem-te-vi.

A CASA MÁGICA   145

Segunda-feira. Dorlinda vai cedo para a escola, dará aulas o dia inteiro. Rosalina toma café e come broa de milho, depois de um banho rápido. Relê algumas páginas do caderno de recordação de Engrácia Maria do Rosário. Arruma a sua companheira de viagem, a mala cinza-escuro. Por volta do meio-dia, vai para a rodoviária de Dores do Indaiá, de onde pegará um ônibus para Belo Horizonte. Fica imaginando como será o apoio dos estudantes à greve dos professores. Com toda a certeza, a Luciana deve ter colaborado na confecção de cartazes e faixas.

Quando o motorista dá a partida, ela se lembra que ao comprar a passagem quase em cima da hora, o único lugar vazio era a poltrona de número sete. De uns tempos para cá, ela tem sido acompanhada do número sete. Pura mágica da vida.

A REVOLTA

Sou mesmo uma assassina, Luciana. Matei a saudade.

Manhã de terça-feira e as duas amigas se aprontam para ir à manifestação na avenida Afonso Pena.

Sacudindo o cabelo farto e liso ainda meio molhado, Luciana diz: já eu não sinto saudade da minha mãe faz um tempão! Ela anda muito implicante comigo. Estou com preguiça dela.

Diante do pequeno espelho do banheiro, Rosalina passa hidratante com protetor solar no rosto e diz: a sua mãe deve sofrer demais com o marido que vive bêbado, daí ela se torna irascível e ansiosa, você tem que dar um desconto, Luciana.

Fácil falar. A minha mãe anda insuportável.

E se a polícia desembocar com cavalos em cima da gente, hem, Luciana? Tem vez que a repressão é contundente.

Já imaginou nós duas sendo vítimas de gás lacrimogêneo?

Ao ouvir a palavra lacrimogêneo, Rosalina pensa que se deixasse o hidratante entrar nos olhos, eles ficariam ardendo muito. Com gás lacrimogêneo, então, deve ser um martírio. E pergunta: me diz, Luciana, você se acha capaz de enfrentar aguerridamente ou vai sair correndo de medo ao primeiro sinal de repressão da polícia?

Luciana se senta na cama e penteia o cabelo. Rosalina, em pé junto à porta do banheiro, acaba de vestir uma blusa branca com os versos "Nem alegre, nem triste, poeta".

Me responde, Rosalina. E se formos vítimas de gás lacrimogêneo?

Eu perguntei primeiro sobre a polícia. Me diz, Luciana, como será que nós duas agiremos, caso haja uma forte repressão?

Bom, eu penso que farei o que a maioria fizer.

Eu sinceramente não sei o que eu faria. Com ou sem gás lacrimogêneo, vai ser uma aventura descobrir quem de fato eu sou num momento crítico desse. Posso descobrir que sou uma pamonha. Uma molengona. Uma covarde.

Vai depender do seu estado de espírito na hora, boba. Diz Luciana, se levantando e guardando o pente na bolsa. Não tem como a gente prever como vai reagir num momento assim. Ninguém se conhece por completo. A gente é uma desconhecida para si mesma e isso é assustador. Ao mesmo tempo, é fascinante, concorda?

Rosalina morde os lábios, ajeita os óculos e começa a colocar seu kit de sobrevivência na mochilinha: pente, batom, boné, pacote de bolachas água e sal, garrafinha de água, protetor solar.

De uma coisa eu tenho certeza, Luciana. Vou ficar emocionada quando, acompanhada dos colegas da universidade, eu passar pela praça Sete. De uns tempos para cá, o número sete é um dos meus compromissos mágicos.

E Luciana atenta às mãos da amiga: e este anel novo? É bem bonito. Ganhou ou comprou? Ganhei da Dirce, a enfermeira da dona Olímpia. É de marcassita. Com ele, a pessoa se sente disposta a tudo.

❖

Em meio aos professores, centenas de estudantes seguram faixas e carregam cartazes. As palavras de ordem repudiam a censura, exigem respeito à liberdade dos professores em sala de aula, pagamento dos salários atrasados e melhores condições de trabalho. Rosalina e Luciana seguem a multidão.

Aos poucos, a polícia começa a reprimir.

Quando vem a cavalaria, muitos fogem assustados.

Junto com mais quatro colegas de sala de aula, Rosalina e Luciana continuam gritando palavras de ordem. A maioria resiste.

Na praça Sete, algumas lideranças proferem discursos. A cavalaria sempre de prontidão.

Mais tarde, concentrados na praça da Estação, os professores decidem que a greve continuará até que sejam atendidas as reivindicações. Priorizam a liberdade para as duas professoras acusadas de darem início ao movimento. Elas que foram humilhadas e maltratadas no momento das algemas. Levaram socos e pontapés. Uma delas está grávida.

$$\cdot\!\!\!\!\!\cdot\!\!\diamond\!\!\cdot\!\!\!\!\!\cdot$$

De volta para a pensão, Rosalina e Luciana estancam o passo diante de dois vendedores ambulantes que, encostados em seus carrinhos, conversam numa pracinha. Elas perceberam que eles falam da greve, piscam uma para a outra e decidem escutar o que dizem. Sentam-se no chão perto deles, fazendo de conta que leem um jornal distribuído na manifestação. Os ouvidos atentos à conversa dos dois homens.

Eu nunca mais fui em manifestação na praça da Liberdade! Não paga a pena. Só na praça da Estação compensa a gente ir.

Eu digo o mesmo. O povo da praça da Liberdade é muito chato, muito sem graça, não compra nada, não bebe nada, é tudo gente entojada demais da conta.

Não é? O povo da praça da Estação é que é bacana, tudo gente animada, gente alegre, gente que bebe cerveja, que se abraça e se beija, lá paga a pena ir com os nossos carrinhos, colega. No início, eu achava que era uma maravilha ir para a praça da Liberdade, porque o povo que grita lá tem mais dinheiro, mas me enganei redondamente. Eles têm mais bufunfa, sim, mas são os chamados coxinhas. Ô gente sem graça!

Eu também me iludi, colega. Mas rapidinho eu vi qual é a deles. Eu prefiro o povo das mortadelas. Ali não tem muito dinheiro, mas tem alegria para dar e vender. Eles abraçam a gente! Puxam prosa com a gente. Uma vez uma moça me deu uma faixa para eu colocar na testa. Eu coloquei e desfilei com a faixa, todo elegante e contente. Esse povo, sim, é supimpático.

Rosalina e Luciana ficam rindo.

Pagou a pena a gente se sentar aqui e ouvir esses dois! Diz Rosalina, se levantando. Principalmente por causa de supimpático, mistura de supimpa com simpático, gostei demais. Vamos embora? Luciana também se levanta e diz: vamos, sim. Preciso de outro banho e cochilar um pouco. Eu também, diz Rosalina. Um banho e um cochilo, eta bondade.

Mas antes de deixar a pracinha, Rosalina olha para os dois homens. É como se a vida pedisse que ela não esqueça do rosto de cada um deles. A manifestação de apoio no rosto deles. Então a neta do amor da vida de dona Olímpia, agora em posse do caderno de recordação da mulher da estrela torta no rosto, observa as feições desses dois homens que provavelmente ela nunca mais verá. No entanto, é como se a vida dissesse que ela nunca os esquecerá, que a menina encantada com as palavras continuará ouvindo para sempre aquelas palavras sobre a praça da Liberdade e a praça da Estação, pois o gesto de olhar é uma charrete indomável e livre que talvez tenha conseguimento de abrir o dicionário das verdadeiras e urgentes palavras.

$$-\cdot\!\!\diamond\!\!\cdot-$$

Mais tarde, Rosalina convida: vamos dar um passeio na rua Tomás Antônio Gonzaga?

Elas acabaram de tomar café e comer pão com manteiga na pensão de dona Alzira. Ainda na cozinha, lavam as vasilhas. Dona Alzira permite que façam café à tarde, desde que providenciem o pão. A pensão oferece café e manteiga. Quase seis horas da tarde.

Lá vem você com ingresia, Rosalina!

Preciso conversar com o Tomás Antônio Gonzaga, menina. É urgente!

Sei. Vai, desenvolve.

Ela ri e continua: ele nasceu em Miragaia, que nome de lugar mais lindo! Miragaia, freguesia da cidade portuguesa do Porto. Em 1782, foi nomeado ouvidor dos defuntos e dos ausentes da comarca de Vila Rica, que hoje se chama Ouro Preto. Pensa bem, Luciana, um ouvidor dos defuntos e dos ausentes! Preciso conversar com ele sobre isso. Quero saber como era o cotidiano de um ouvidor dos defuntos e dos ausentes.

Como era mesmo o nome completo da pastora Marília, a musa dele? Pergunta Luciana.

Maria Doroteia Joaquina de Seixas Brandão. Que depois se tornou a Marília de Dirceu. Mas hoje em dia estou mais interessada é nesse embondo de ser ouvidor dos defuntos e dos ausentes. O que era isso, afinal? Vou indagar a ele. Quer ir comigo?

Luciana puxa o cabelo para detrás das orelhas. Sempre que fica nervosa, puxa o cabelo para detrás das orelhas, fincando-lhe a ponta dos dedos. E diz: não posso. Preciso visitar a minha mãe. Não estou com muita vontade, mas careço de ir. A gente não se dá muito bem, já te falei, mas ela anda meio doente e o papai está tendo crises de alucinação por causa de tanta bebida. Ele é fraco para o álcool e está entornando cada vez mais. Vou ter que ir para o Salgado Filho.

Não vou me oferecer para ir com você, porque sou má e egoísta.

Caminhando devagar, Luciana ri e diz: você sabe que a minha mãe detesta visita. Ela simplesmente endoida quando chega alguém de fora, já te falei isso. Ela não dá conta de lidar com gente estranha.

E eu sou muito estranha. A sua mãe endoidaria de vez se me visse!

Coitada da minha mãe. Ela está um caco.

Rosalina fica pensando na frase "Ela está um caco". Uma pessoa que se tornou um caco. Um caco de tigela? Um caco de travessa? Um caco de prato? Ou só um caquinho de pires?

Estou chegando a uma conclusão, Luciana. O primeiro sinal de que as pessoas precisam de socorro é quando elas se negam a receber visita. Quando elas têm horror a pessoas desconhecidas, então, aí é que a coisa se tornou mais grave, pois significa que elas têm medo do desconhecido em si mesmo. Nesse caso, precisam de socorro urgente. Vai, vai ficar com a sua mãe. Cuida dela o quanto puder.

Não vai me dizer o que está querendo dizer? Indaga Luciana, rindo.

Rosalina também ri e completa: se revolte! Mate a sua mãe e a enterre no quintal da casa.

Antes de saírem da cozinha, Luciana cata do chão algumas migalhas de pão e joga no lixo. Rosalina apruma a toalha da mesa.

Rosalina, caminhando pela calçada na rua Tomás Antônio Gonzaga, tem ao lado dela, esguio e elegante, o poeta árcade que nasceu em Miragaia, Portugal, mas veio para o Brasil e se tornou um ativista político da Inconfidência Mineira.

Dizem que você é o mais proeminente dos poetas árcades. Seu poema "Marília de Dirceu" é muito lido e estudado. Esperava toda essa repercussão?

É mister dizer que me exulto, ele responde, sem olhar para ela, a cabeça erguida, os passos firmes.

Eu acho bem bonito o poema, devo adiantar, mas o título deveria ser "Dirceu de Marília", pois você é que fala o tempo todo sobre a pastora. Fica parecendo que é um diálogo, quando, na verdade, é um monólogo, visto que apenas você diz as coisas. Ela é a figura principal do poema, você a amava muito, portanto, reitero que o título deveria ser "Dirceu de Marília".

Não tem cabimento a senhorita querer mudar o título do poema, cara caminheira da minha rua.

Sou leitora, sou livre. Para mim, o título "Marília de Dirceu" comprova o patriarcalismo daquela época. Mas tudo bem, o poema é lindo e reverbera as características do Arcadismo.

Alegro-me que o aprecie.

O que não me impede de continuar pensando que, tal qual a maioria dos homens da época, você era muito machista.

Neste momento, estou sendo bem moderno, concorda? Caminho ao seu lado e o meu vocabulário é praticamente igual ao seu. O mais significativo é que a senhorita está ditando as regras e eu não estou me opondo a elas.

Sinal de que aprendeu alguma coisa sobre as mulheres! Mas há um detalhe que preciso mencionar. Ao ser condenado pela participação na Inconfidência, você foi enviado para a Ilha das Cobras no Rio de Janeiro, depois para Moçambique, na África. Lá, você se casou com uma filha de mercador de escravos. Esse casamento manchou a sua reputação de abolicionista ou foi apenas uma ironia do destino?

Eu era totalmente contra a escravidão. Mas se casou com a filha do mercador de escravos! Talvez eu estivesse apaixonado e esse sentimento foi preponderante. Talvez? Por que talvez? Não sei dizer o que exatamente eu sentia. É uma incoerência você fazer parte de uma família que trabalhava para escravizar os negros. O ser humano é contraditório, minha cara.

Rosalina estanca o passo, ao perceber que o poeta se irrita um pouco. Ela respira fundo e ajeita os óculos: vamos nos sentar ali naquele banco da praça?

Ele concorda imediatamente.

Com a mochilinha atada às costas, Rosalina se vê confortável no banco da praça de uma das esquinas da rua Tomás Antônio Gonzaga. Parece que o poeta se encontra igualmente aconchegado.

Rosalina, eu não sou algum vaqueiro, que viva de guardar alheio gado; de tosco trato, d'expressões grosseiro, dos frios gelos, e dos sóis queimado.

Você não é pobre, eu sei.

É bom, Rosalina, é bom ser dono de um rebanho, que cubra monte, e prado; porém, gentil senhorita, o teu agrado vale mais q'um rebanho, e mais q'um trono.

Ao vê-lo quase em êxtase, ela faz a pergunta que guardava como um livro embalado para presente: o que é ser ouvidor dos defuntos e dos ausentes?

Ela fecha os olhos para cerimoniosamente ouvir a resposta.

No entanto, o silêncio se impõe. E quando abre de novo os olhos, o poeta árcade não se encontra mais ao seu lado.

Ele é um defunto, um ausente. Eu sou a ouvidora dos defuntos e dos ausentes. Rosalina conclui, levantando-se.

Caminhando devagar de volta para a pousada, Rosalina fica pensando no João Carlos. Que livro ele lê a essa hora? Será que já teve conseguimento de falar a muitas pessoas sobre a casa mágica na rua Engrácia Maria do Rosário? Será que as pessoas estão se entusiasmando ou pouco estão se importando com a ideia do ministério de poesia? Ninguém pode garantir nada neste mundo.

Barulho de carros. Correria de gente que sai do trabalho e pega ônibus. Pneus cantando. Ronco de motores.

Como é bonito o nome João Carlos! Ela continua pensando no namorado. Para mim, é João em homenagem a Guimarães Rosa e Carlos em homenagem a Drummond. Só podia mesmo gostar de ler! Saudade do meu rapaz da bicicleta. O meu rapaz da biblioteca.

O combinado é não se telefonarem até que ela volte, no intuito de que o reencontro seja mais emocionante. Somos dois sonhadores inveterados! A todo instante, penso em ligar, mas me contenho, vou cumprir o que combinamos.

Subitamente, ela ouve um estrondo esquisito. Vira-se para trás, de onde veio o forte barulho, e depara com um carro que subiu na calçada e atropelou uma menina de uniforme de colégio. Assustada, Rosalina fica estatuada olhando a cena. Há muito sangue no rosto da menina estendida na calçada. Um corre-corre e muitas vozes se acumulam ao redor.

Rosalina vai se aproximando, o coração disparado. Parece que o motorista desmaiou, tem a cabeça sobre o volante. Alguém grita: chamem os bombeiros e uma ambulância! Uma gritaria vai se avolumando.

Se eu estivesse a alguns passos atrás, poderia ter sido eu a atropelada, ela pensa, atônita. E talvez já estivesse morta. E nunca mais beijaria o João Carlos.

Ao ver que a menina, apesar do sangue no rosto, se levanta, apruma a saia do uniforme e agradece a atenção das pessoas, Rosalina respira fundo. Sorri aliviada. Não foi nada grave com a menina, ao que parece.

O motorista continua com a cabeça sobre o volante e algumas pessoas tentam abrir a porta do carro.

※

No tempo da Engrácia Maria do Rosário, tinha chicote e capataz. Era muita brutalidade. Zumbi dos Palmares foi assassinado nas matas de Alagoas. Sua cabeça foi decepada e salgada, ficou exposta no alto de um poste erguido num pátio. Em Angola, a guerreira Jinga vencia batalhas e mais batalhas.

Ainda caminhando de volta para casa, Rosalina fica pensando em João Carlos e sua negritude. Ele ainda não contou a ela o que já vivenciou, não houve tempo ainda. Alguns tristes acontecimentos ela pode imaginar.

Vão dançar quadrilha na escola e as meninas brancas escolhem apenas os meninos brancos para formarem os pares. Na turma dele, só há ele de negro e então ele fica sem par.

No colégio, uma professora diz que o grande nome da abolição da escravatura é a princesa Isabel, que assinou a Lei Áurea em 1888, fala várias coisas que estão nos livros de história, mas em nenhum momento ela cita o Zumbi dos Palmares. João Carlos já leu muito sobre ele, levanta a mão, pede a palavra, a professora concede. Então ele diz que talvez o grande nome seja Zumbi dos Palmares, que lutou bravamente pela liberdade. Os colegas olham para ele, caçoando. Um deles chega a dizer bem alto: zumbi é alma do outro mundo! Um outro se empolga: é gente que não dorme e fica zanzando de noite! A turma inteira dana a rir. A professora pede silêncio, mas não recrimina as frases galhofeiras.

João Carlos não se deixa abater. Levanta-se da carteira e continua: o Treze de Maio foi feriado nacional por mais ou menos quarenta anos, por causa da Lei Áurea, mas, de uns anos para cá, depois da ditadura, o Brasil começou a discutir sobre o seu passado e as suas raízes, daí o dia 20 de novembro começou a ser feriado em algumas cidades. Desde 2011, o 20 de novembro virou o Dia Nacional de Zumbi e da Consciência Negra. Zumbi dos Palmares foi brutalmente assassinado no dia 20 de novembro de 1695. Ele era o chefe do Quilombo dos Palmares. Havia muitos quilombos pelo Brasil inteiro, eles eram a resistência dos negros, mas o de Palmares é o mais simbólico. Quem aqui ainda acha que era correto os negros serem escravizados? Quem aqui ainda concorda com essa desumanidade? É preciso ter mais consciência.

Ao falar com altivez e conhecimento de datas, nomes e fatos, ele cala os colegas. A professora fica atarantada, parece que vai discordar de algo, argumentar coisa ou outra, mas senta-se e abre o diário de classe. Fica folheando as páginas do diário de classe.

Encontra encontra a dona Alzira na saleta da pensão. Ela rega os vasinhos de plantas no peitoril da janela.

Como vai? Estava passeando?

Sim, estava dando uma voltinha.

A greve continua? Continua, dona Alzira. E a dona da pensão desata: esses professores sacrificam todo mundo! Fica um mundaréu de jovens soltos na cidade, sem terem o que fazer. No meu tempo, os professores tinham mais vocação, mais apreço pelo ideal de ensinar. Não pensavam só em dinheiro.

Rosalina morde os lábios e ajeita os óculos. Dá alguns passos no meio da saleta. Vê que a dona Alzira arranca folhinhas secas de uma samambaia. Senta-se na pequena poltrona, disposta a dar corda. Vamos viver a triste aventura de escutar uma pessoa que não entende a luta dos professores.

Dona Alzira: hoje em dia, esses professores se acham no direito de reclamar de tudo; se pensam que o salário é muito baixo, que mudem de profissão, ara, mas tá!

Talvez porque tenham vocação e apreço pelo sonho de educar, eles insistam em continuar dando aulas. Rosalina diz num tom de voz bem calmo. E continua: mas o salário baixo demais não dá nem para pagar o aluguel, por exemplo, então eles precisam lutar por melhores salários e melhores condições de trabalho. Principalmente agora, que estão com os salários atrasados.

Dona Alzira, com o regador na mão: deviam pôr os alunos em primeiro plano. Os alunos precisam ir para a escola, dar sossego aos pais! Tudo devia ser em nome dos alunos. Deviam aceitar o sacrifício, em nome da sagrada missão de ensinar. Por pouco que ganhem, o que mais vale mesmo é a sagrada atitude missionária. Essa história de educadores não existe. Professores são missionários.

Rosalina se levanta. Com licença, dona Alzira, enquanto ainda não me formei para ser missionária e me curvar ao destino de trabalhar de graça, pois o que salva a alma é servir ao próximo sem pedir nada em troca, vou tratar de aproveitar uns dias da greve para revolucionar a cabeça de algumas pessoas, no intento de que elas se abram para a morada nova de um belo sonho.

O REBOTALHO

Já no ônibus para Morada Nova, mais uma vez na poltrona de número sete. Desta vez, comprou a sete de propósito. Vamos outra vez viver a aventura de ser a passageira de número sete.

Ao lado dela, uma mulher estrigosa de tão magra não para de mexer no celular. Recebe e responde mensagens. O barulhinho chato anuncia a chegada de mais e mais mensagens.

Rosalina, que demorou a ter um celular e só o utiliza de vez em quando, na universidade é considerada uma pessoa do segundo período geológico da era mesozoica. A única da turma a também não ser viciada em celular é a Luciana e foi exatamente essa coincidência que as aproximou. Ainda assim, Rosalina ganha da amiga nesse quesito.

A senhora vai até Morada Nova ou vai descer antes? Ela pergunta de repente. A mulher não tira os olhos do celular, mas responde: vou descer em Abaeté. Que bom, pensa Rosalina, vou ficar livre do barulhinho chato por um certo tempo.

E sem desgrudar os olhos do celular, a estrigosa de tão magra continua a conversar: vou quebrar os dentes do meu filho!

Rosalina se alegra com a frase. A estrigosa de tão magra não é tão tediosa assim.

Ele vai ver comigo! Acredita que ele me mandou mensagem me chamando de velha descompensada? Ele tem que nascer de novo para me chamar de velha descompensada. Chegando em casa, vou quebrar os dentes dele tudo, deixa comigo.

Rosalina começa a imaginar uns motivos de ela ser chamada de velha descompensada, e a mulher emenda o assunto: culpa do pai dele, sabe? O pai faz a minha caveira. Basta eu viajar, para o pai encher a cabeça dele de minhoca. Não vou quebrar os dentes do pai, ele é muito nervoso e pode me sentar a mão, mas os dentes do menino eu vou quebrar tudinho. Esse menino tem que aprender a me respeitar.

O que mais falta para Rosalina se empolgar e dar corda?

Criança a gente tem que manter no comando, a filha de Dorlinda diz, radiante. Criança não tem querer! Criança carece é de peia nas costas! Ela gosta de mexer com o sentido das coisas e não perderia a oportunidade.

Meu filho não pode virar uma cópia do pai, diz a estrigosa de tão magra. Não vou deixar. Me chamar de velha descompensada é um acinte! Ele só tem oito anos e já me chama de velha desequilibrada? Imagina quando for adolescente. Chegando em casa, vou quebrar os dentes dele tudinho, ele vai ver. Conforme for, vou também arrancar a língua dele.

É muito desaforo ele chamar a senhora de velha desequilibrada! Ela contente com o fato de que a própria estrigosa falou um sinônimo de descompensada. E continua: eu tenho uma receita, escuta só. Faça picadinho dele e bota para assar com batatas em forno quente.

Ela vê que a mulher nem se alui com essa história de fazer picadinho do menino e botar para assar com batatas em forno quente. Recebendo e enviando mensagens, a estrigosa de tão magra não para: estou aqui conversando com uma amiga, sabe? Ela está me contando sobre o tratamento de saúde dela.

Então a estrigosa de tão magra, enquanto troca mensagens com a amiga em tratamento de saúde, ao mesmo tempo conversa com

Rosalina sobre o filho que a chamou de velha descompensada? A mulher estrila de tão irritada. Vai ver, o menino tem toda a razão. Uma pequena aventura da viagem de ônibus. Rosalina sorri.

Dedos no teclado do celular. Olhos grudados no celular. A voz se dirige à passageira de número sete: o pai dele faz a minha caveira. Mas eu vou me vingar!

Rosalina fica pensando nas frases que são ditas e claramente não se destinam ao seu significado. São frases contundentes e ao mesmo tempo engraçadas. A estrigosa não vai quebrar os dentes do filho nem lhe arrancar a língua, está apenas dizendo que sente muita raiva do que aparentemente o marido incutiu no menino. A violência nas palavras acalma um pouco a velha descompensada.

No entanto, existe a violência que chama a violência. Se palavra puxa palavra, a violência de algumas também puxa a violência de outras e todas essas violências no dizer podem se transformar em violências no fazer.

O silêncio também pode ser uma violência. A professora que não recriminou a atitude dos colegas que caçoaram de João Carlos deu voz à continuidade de uma violência. Palavras moram em silêncios.

Em Abaeté, a parada é um pouco demorada, há troca de ônibus. Rosalina tem quarenta minutos para ir ao banheiro da rodoviária e comer alguma coisa na pequena lanchonete.

Ao sair do banheiro, quase tromba com uma mulher esbaforida, deve estar com dor de barriga a coitada.

Aproxima-se do balcão da lanchonete. Pede um café com leite e um biscoito de queijo. À sua direita, um senhor de uns sessenta anos toma um café puro. À esquerda, uma mulher come empadinha com suco de caju de máquina.

Enquanto bebe o café com leite e aproveita o biscoito de queijo, parece que foi feito há pouco, está macio e quentinho, Rosalina fica pensando na casa da rua Engrácia Maria do Rosário.

Como estará a tia Felícia? Será que não se nega a colaborar com o João Carlos nas providências para organizar os detalhes da casa mágica? Será que de fato se curou do mal de águas represadas? As pessoas são veredas de mistérios. De um momento para o outro, podem mudar de ideia e atitude.

Quando Rosalina deixou Morada Nova há alguns dias, a tia estava um encanto de pessoa, mas, sabe-se lá, e se ela tiver tropeçado em um toco de madeira no quintal, tiver batido a cabeça numa pedra, desmaiou, e ao voltar a si, não se lembra dos dias em que a sobrinha estivera com ela?

João Carlos. O rapaz da bicicleta. O rapaz da biblioteca. Faz dias não fala com ele. Será que está cumprindo o combinado sobre a divulgação do ministério de poesia?

Ela vai viver a aventura de encontrar as respostas. E nas respostas, mais e mais perguntas.

De Abaeté a Morada Nova, no ônibus que segue por uma estrada cercada de árvores e pequenas fazendas de um lado e de outro,

Rosalina continua a ler o livro que narra as venturas e desventuras de Kehinde, que nasceu em Savalu, reino de Daomé, na África. Aos oito anos, a pequena negra foi capturada e trazida para o Brasil. No início, morou na Bahia. Sua história é cheia de rebeliões e violências terríveis. Ela aprende a ler e escrever. Aprende a falar inglês. Foge para o Maranhão e depois para o Recôncavo. Vai também para o Rio de Janeiro onde procura pelo filho que o marido havia vendido. Kehinde vai também para Santos e São Paulo. Tem conseguimento de voltar para a África e depois tenta regressar ao Brasil.

Rosalina já está na página 245 e o padre Heinz, que vivia falando de liberdade e igualdade, que apregoava que os negros também seriam bem recebidos na igreja, sofreu perseguição justamente porque dizia essas coisas. Já um outro padre, que chamava os negros de hereges, mesmo que fossem convertidos de coração e não apenas de batismo, era protegido e recebia as contribuições dos ricos senhores de São Salvador na Bahia.

Por alguns instantes, ela fica olhando a paisagem que corre na janela do ônibus. Ao mesmo tempo, fica pensando em João Carlos. Será que ele já leu *Um defeito de cor*?

Naquele tempo, os negros assinavam um documento onde constava que eles tinham um defeito de cor. Rosalina ficou impressionada com isso. Um dia, ela procurou branquitude no dicionário e só encontrou branquidade. Prefere dizer branquitude, que rima com negritude.

Se ele não tiver lido, ela vai emprestar *Um defeito de cor*. A mãe deu o livro a ela no último aniversário. Rosalina sempre pede livro de presente. Dorlinda, mesmo ganhando mal com as aulas numa escola pública, costuma dar um jeito de agradar a filha. Dorlinda também tem paixão pelas palavras que querem morar dentro da gente. O Guimarães Rosa um dia falou que a literatura é feita de palavras que querem morar dentro da gente.

A estrigosa de tão magra desceu em Abaeté e a cadeira ao lado de Rosalina está vazia. Então a Kehinde se aproxima, pede licença e senta-se com feição de inquietude.

Pensei que eu poderia arrumar emprego no comércio, já que sabia ler e escrever, diz Kehinde.

E não arrumou? Pergunta Rosalina.

Quem dera! Os comerciantes preferiam os mulatos aos negros, achavam que a mistura de sangue branco dava mais inteligência para eles. A pele negra costuma ser considerada o rebotalho da sociedade. E as oportunidades eram apenas para os homens, sabe? Eu nunca vi mulheres atrás de balcão ou cuidando do livro de contas.

Essa história de mais oportunidades para os homens do que para as mulheres continua em voga, Kehinde.

Que pena. Mas me conta, Rosalina, acha que está pronta para enfrentar o que vem por aí? A gente nunca está totalmente pronta, diz Rosalina. E continua: mas imagino que conhecer você e a sua história vai me dar sustância.

Conte comigo, Rosalina.

De um modo ou de outro, já estou contando com você, Kehinde.

O ônibus começa a sacudir bastante. Há muitos buracos nessa parte da estrada. Kehinde se levanta e se aproxima da cadeira do motorista. Conversa baixo com ele. O motorista fica sério e para o ônibus. Kehinde desce rápido, sem se despedir de Rosalina, que tenta vê-la parada à beira da estrada ou andando em direção a alguma fazenda, assim que o ônibus recomeça a viagem.

Mas Kehinde não se deixa ver.

Rosalina abre de novo o livro e a reencontra em carne e osso, linda e altiva, trabalhadeira e destemida, em mágica realidade.

✦

Na pequena rodoviária de Morada Nova, já é tarde da noite. Rosalina não se preocupa, afinal, a casa da tia Felícia fica a três quarteirões, dá para ir a pé com tranquilidade.

Ela vai puxando a pequena mala cinza-escuro. As rodinhas colaboram. Um cachorro começa a acompanhá-la. Cachorro de rodoviária, por que resolveu me levar até a casa da tia Felícia? Quer ser meu guardião? Magro e de olhar triste, o cão a segue como se alguém tivesse dado a ele uma ordem que todo cachorro de rodoviária é obrigado a cumprir.

Posso te dar um nome? Sage. Seu nome é Sage. Significa que você tem sabedoria, é discreto e prudente. Ele abana o rabo, ao ver que ela sorri e conversa com ele.

Sage, eu já tinha te visto uma vez, você estava dormindo ao sol. Me lembro bem, porque a sua cor castanho-melgaço é muito chamativa. Tenho para mim que toda rodoviária de cidade pequena tem cachorro do seu feitio, da sua estirpe solitária, da sua casta mundana. Me diga, como é viver na rodoviária de Morada Nova?

O barulho das rodinhas nas pedras de paralelepípedo.

Numa janela da casa de esquina, apagam-se todas as luzes.

O olhar triste na noite sem vento: é uma vida como a de tantas pessoas sem casa. Sou até mais feliz que as pessoas, pois em Morada Nova tem um secretário de turismo que anda de moto para baixo e para cima, sabe? Ele tem um megafone que vive gritando: cadê a cachorrada? Cadê a cachorrada? Ele dá comida para os cachorros de rua. Aqui cachorro nenhum passa fome. Nós escutamos o megafone gritando "cadê a cachorrada" e nos aproximamos dele, felizes da vida.

Bem tranchã esse tal secretário de turismo, Sage. Ele é de quem? Sebastião da Clara do Julião da Veridiana do Afonso da Penélope. Conhecido como Tiãozinho da Cachorrada. É um bom homem.

Quero conhecê-lo! Rosalina, me admira muito você ainda não ter visto o Tiãozinho da Cachorrada por aí. Ele vive de moto zanzando para lá e para cá. Já o vi, sim, já escutei casos sobre ele, mas não dei importância. Agora que te encontrei, Sage, me deu sapituca de conhecê-lo. Quero conversar com o Tiãozinho da Cachorrada. Deve ser uma criatura interessante. Pretende ficar em Morada até que dia? Ainda não sei. Vai depender da greve lá em Belo Horizonte. Pode ser que eu precise voltar rápido, para me juntar aos colegas. A gente está apoiando os professores.

A sua tia deve estar dormindo a essa hora. Vai acordar a coitada? Ela pode ficar brava com você. Eu tenho as chaves da casa, sou prevenida, Sage. A tia Felícia me deu uma cópia e eu não esqueci de trazer. Muito bem, Rosalina da Dorlinda da Alice do Olinto do Paulo! Gostei de ver.

Numa casa de dois andares, com telhado de várias águas, alguém acende a luz de uma sala. Dá para ver os lustres. Um gato pula de um telhado para outro.

O que acha de morar na casa mágica, hem, Sage?

O olhar continua triste, mas percebe-se um lampejo de curiosidade canina: mudar de casa? Moro na rodoviária desde sempre, estou acostumado a ser livre. Entendo você, Sage. Podemos fazer assim, você fica na casa mágica sempre que tiver vontade, vai ver as pessoas chegando, pegando os livros, conversando, recitando poesia, confabulando contra o autoritarismo do prefeito e coisa e tal. E volta para a rodoviária, assim que o seu focinho e as suas patas quiserem. Mas, espera aí, Sage, na casa mágica costuma ter muitos gatos. Dezenas de felinos! Tem principalmente o Silva e o Xavier. Algum problema com gatos?

Alguém tosse forte numa casa de alpendre cheio de samambaias penduradas. Começa a ventar levemente.

Sou de fácil convivência, um canino afeito a felinos, eu diria. Então, pronto, Sage! Está feito o convite. Se quiser, poderá ser o cão da casa mágica. O cão castanho-melgaço da biblioteca. Será livre para sair e passear sempre que quiser. Ficar na rodoviária quando sentir vontade. O que me diz?

Já estão se aproximando do portão de ferro da casa.

Rosalina fita o olhar triste do cachorro de rodoviária que a acompanhou até ali. Chegou a hora da despedida.

O que me diz, Sage?

Convite aceito. Amanhã estarei aqui. Não sei te dizer o horário. Sou do mundo, não tenho amarras. Claro, Sage. Venha quando sentir vontade. Você já sabe o caminho. Durma bem e sonhe com preás, tal qual a Baleia de *Vidas secas*.

Rosalina tira a mochilinha dos ombros, pega o molho de chaves e abre o portão de ferro. Puxa a mala e fecha o portão. Vai andando pelas pedras de ardósia.

Sage volta para a rodoviária.

A REDESCOBERTA

Ao encontrar os quartos com as portas abertas, ela respira fundo e ajeita os óculos. São cinco quartos de cada lado do corredor de tábuas escuras. Ela se aproxima do quarto da tia Felícia, sem fazer barulho. A tia dorme profundamente.

Restam-lhe nove quartos para escolher. Rápido decide pelo que fica rente à sala de armários envidraçados, a biblioteca.

Comovida, entra nos aposentos de móveis antigos. Lembra-se de Capitu e Bentinho, ao deparar com a magnífica penteadeira. Observa a cortina de voal branco, a cama de madeira de lei, os lençóis e as colchas limpos e cuidadosamente arrumados. Tudo está rigorosamente bem cuidado.

Tira da mala as sandálias de dedo e a bolsa com os apetrechos de higiene. Vai andando devagar pelo corredor. Não quer incomodar o sono da tia Felícia. Entra no banheiro, para tomar um banho rápido e escovar os dentes. Toalhas limpas e organizadas no armarinho comprovam que valeu a pena sonhar e esperançar. A tia voltou a gostar de movimento. Rosalina está na casa mágica.

Não demora a dormir.

De manhã, acorda com um bem-te-vi no peitoril da janela. Lembra da palavra estremunhada. Ela despertara estremunhada com a cantoria do bem-te-vi. Estrovinhada é sinônimo. No curso de Letras, finge que está com vergonha, mas adora quando a professora de literatura brasileira comenta que ela é a aluna mais apaixonada pelas palavras que ela já viu. Agora a professora está em greve. Ela que devia se sacrificar e dar sossego aos pais dos alunos, lecionar sem reclamação, cumprir a sagrada missão de ensinar, diria a dona Alzira.

Ainda na cama, Rosalina fecha os olhos. Sente o cheirinho bom dos lençóis e da colcha de chenile. Pensa na palavra chenile, que vem do francês *chenille*, que pode ser um aveludado de lã, algodão, seda ou raiom. O da casa mágica é de algodão.

Adia um pouco o momento de rever a tia e tomar café com ela.

É quarta-feira, dia de Maria do Socorro na pousada Sete Marias. Na cozinha, João Carlos já deve ter arrumado tudo para o café. Ele chega às cinco horas. Antes, passou na padaria, comprou roscas, pães e queijos. Assim que entra na cozinha, trata de fazer um bolo, fritar biscoitos de polvilho e assar pães de queijo com a massa que ele já deixou preparada no dia anterior. Coa café e esquenta o leite. Esquenta água para os chás. Faz os ovos mexidos aos poucos, conforme o interesse dos hóspedes. Faz tapioca para quem pede tapioca. E lava vasilhas, louças e formas de bolo. E faz feijão-tropeiro, arroz, salada e outras misturas para as sete irmãs. Elas adoram a comida dele. Não oferecem almoço aos hóspedes, seria trabalhoso e oneroso demais, mas fazem questão de almoçar lá. E João Carlos prepara sobremesa também. Tem dia que é banana caramelizada. Tem dia que é cajuzinho. Tem dia que é brigadeiro. Tem dia que é salada de frutas. Trabalha muito o rapaz da bicicleta. Vai ver, não ganha sequer o salário mínimo.

✦

Na cozinha da casa mágica, tia Felícia acabou de tomar café e lava a louça. Veste saia longa estampada e blusa amarela com bordados em ponto de cruz.

Ah, se eu soubesse que tinha chegado, teria esperado para tomarmos café juntas! Ela diz, enxugando as mãos num pequeno avental azul e se aproximando da sobrinha.

Felícia da Alice do Olinto do Paulo estende os braços para ela, que a abraça, aliviada por constatar que, pelo menos por enquanto, a tia se livrou do mal de águas represadas.

Cheguei muito tarde, não quis atrapalhar o seu sono, tia.

Ainda tem café na garrafa e bolo de chocolate, vem, vem merendar, eu estava com saudade de você, sua tonta!

Rosalina ri e se senta no banco em frente à grande mesa de madeira. A tia põe xícara e pires diante dela. Este bolo está bonito, hem, tia? Comprou na mercearia do Palito? Eu que fiz, bati os ingredientes no liquidificador, ela conta, sentando-se no banco em frente à sobrinha. Que maravilha! Assou no fogão a gás ou a lenha? A gás, menina, eu estava apressada, precisava ajudar o João Carlos a organizar as coisas. Hoje vai ter leiturança de poesia às quatro da tarde. O João Carlos teve conseguimento de chamar um bom número de pessoas.

Rosalina corta uma grande fatia do bolo e começa a comer. Fica em silêncio por alguns momentos, ouvindo tia Felícia.

A Teresa do Alcides mais a Chiquinha do Everaldo fizeram uma boa faxina na casa toda, está tudo tinindo. Na segunda-feira, que é meu dia de silêncio, fiquei quietinha no quarto, mas as duas ficaram à vontade para cuidar de tudo. Limparam o quintal e o jardim também. Os gatos estranharam, danaram a miar, acho que preferiam as coisas como estavam.

Então Rosalina pergunta: o Silva e o Xavier também estranharam? Que nada, eles são muito sem vergonha, aprovam tudo o que a gente faz. Eles vão no vai da valsa.

Eles vão no vai da valsa, adorei isso, tia! Estão por aqui hoje?

Ainda não apareceram, eles são assim mesmo, tem dia que os folgados não dão o ar da graça.

Mas, de repente, a tia fica séria e baixa o olhar.

Rosalina tenta manter a atmosfera de alegria: eu estava esgurida de fome, acho que vou comer o resto desse bolo todinho, tia! A senhora é uma boleira de primeira qualidade; parabéns, viu?

Tia Felícia mantém o olhar baixo.

O que foi? A senhora ficou cenhosa de repente.

Impressão sua. Eu sou uma ótima leitora de compleição facial, tia. Desta vez você errou na leitura. Tem certeza de que errei? A senhora vai falando e eu vou constatando a expressão de triste-sina.

Felícia da Alice do Olinto do Paulo, com o olhar baixo, os cotovelos apoiados na mesa, começa a bater na boca os punhos fechados.

Rosalina para de comer, morde os lábios, ajeita os óculos e fica olhando para ela.

Se a gente não trouxer a Josefa, será tudo em vão.

Rosalina se espanta com a resposta. Na verdade, a tia não está bem. Diz uma frase completamente sem sentido. Inventa uma tal de Josefa. Ninguém nunca falou de qualquer Josefa na família. Até onde vai o mal de águas represadas?

Silva e Xavier vão entrando estugados. Aproximam-se dos pés de tia Felícia, como se fossem o seu último ancoradouro. Cada um repousa a cabeça felina em um pé humano.

E como se a presença de Silva e Xavier abrisse a porta de uma casa trancada há décadas, Felícia ergue os olhos, fita a sobrinha e continua a falar: nem a Dorlinda, sempre tão ciosa das coisas corretas, jamais falou sobre a Josefa, não é mesmo?

Que tragédia, pensa Rosalina. A tia Felícia maluqueceu de vez.

A Dorlinda foi tão covarde quanto eu. A senhora precisa descansar, tia. Está com dor de cabeça? Dor de cabeça é o seu nariz! Estou muito bem, menina. Sua mãe e eu fomos covardes. Essa verdade precisa ser dita.

Nas pedras lodacentas nunca tem fim o mal de águas represadas? Rosalina continua atônita, enquanto come bolo sem parar. Engole mais café também, até esvaziar a garrafa.

Com o olhar fixo na sobrinha, Felícia da Alice do Olinto do Paulo insiste em prosseguir sem trégua: meu pai, o Olinto do Paulo, teve uma filha com uma empregada nossa. Ele era racista, mas empregou e engravidou uma negra.

A coitada vivia fugindo dele. Um dia, ele a forçou. Meses depois, a minha mãe viu que ela estava esperando criança, rápido entendeu que o pai era o marido dela, a Alice sabia muito bem quem era o marido dela. E ele, assim que soube da gravidez, mandou a enjeitada para uma casinha em Pompéu. Nasceu uma menina, a Josefa, que um dia a Dorlinda e eu fomos conhecer, a nossa mãe levou a gente para conhecer a irmã por parte de pai. A Alice do Olinto não concordava com as atitudes dele. A nossa mãe era de uma dignidade admirável.

A Dorlinda e eu fizemos amizade com a Josefa. A gente a visitava de vez em quando, às escondidas do nosso pai, claro, mas, depois que a mamãe morreu, paramos de visitar a nossa irmã, nos calamos a respeito dela. O tempo foi passando e a gente nunca mais tocou nesse assunto. Passamos a agir como se a irmã por parte de pai não existisse.

Rosalina, quase engasgada com o último pedaço de bolo, ajeita os óculos e morde os lábios. O coração bate descompassado. Sente um pouco de falta de ar. E respira fundo.

Eu tenho uma tia chamada Josefa. Sim, Rosalina. Ela mora em Pompéu e cuida da enjeitada que já está bem velhinha.

A senhora só fala enjeitada, tia, qual o nome da mãe da tia Josefa? A Dorlinda e eu não lembramos. A gente chama de enjeitada.

Ser chamada de enjeitada é ultrajante, pensa Rosalina, e diz: quer dizer que eu tenho uma tia em Pompéu! Tem, sim. Ela é negra.

Se a irmã de vocês fosse branca, tia, a senhora e a mamãe não teriam se afastado dela.

Com os cotovelos apoiados na mesa, Felícia bate na boca os punhos fechados. Você deve ter razão. A presença do João Carlos aqui em casa mexeu comigo, sabe? Comecei a entender melhor as coisas. A Dorlinda e eu somos covardes.

A senhora sempre foi arredia e sistemática, dá para entender o seu silêncio sobre a Josefa, mas a minha mãe... Custo a acreditar.

Por que a minha mãe nunca me disse que tem uma irmã por parte de pai? A gente conversa tanto! Eu achava que ela não esconderia nada de mim.

Rosalina se lembra da frase do Guimarães Rosa: "tudo é a ponta de um mistério", e agora tem certeza de que em alguns momentos faltavam palavras no que a mãe dizia. Mais uma vez tem a sensação de que, misteriosamente, era como se a mãe só precisasse pegar um par de brincos guardado em uma gaveta emperrada que ela, por preguiça ou maldade, não tratasse de abrir, para finalmente devolver o lindo par de brincos que pedira emprestado. Ela finge que a promessa não existiu.

Como se ao falar numa viagem para Angola, no intento de pesquisar sobre a guerreira Jinga, a mãe tentasse diminuir o seu desconforto. E o desconforto só crescia.

Ainda assim, Rosalina se sente tristécia. Sabe que tristécia não tem nada a ver com triste, pelo contrário, uma pessoa tristécia é alegre ou contente. Ela se sente tristécia, pois vive a aventura da revelação de um terebrante segredo de família. Que família não tem terríveis segredos? Nos livros que lê, sempre há famílias com seus terríveis ou o sinônimo terebrantes segredos.

Mais aventuras a serem vividas: encontrar a tia Josefa e a mãe dela. Trazê-las para a casa mágica. Estar com elas sempre que possível. Nunca mais serão ignoradas.

Tia Felícia se levanta e começa a limpar a mesa. Põe a louça suja na cuba da pia. Se a gente não trouxer a Josefa, será tudo em vão.

Rosalina sente as línguas de Silva e Xavier. Eles lambem os pés dela em sandálias de dedo. Inclina o rosto por debaixo da mesa e diz: oi, felinos! Será que o Sage virá mesmo? Esperanço que sim. Vai ser tranchã a gente ter nessa casa um gato preto, um gato amarelo-ouro e um cão castanho-melgaço.

A REFLEXÃO

Rosalina quer surpreender João Carlos. Sentada numa raiz de pé de jatobá, espera-o do outro lado da calçada em frente à pousada Sete Marias. Já passa de meio-dia e meia e ele costuma sair a uma hora da tarde.

Com a mochilinha nas costas, ela morde os lábios e ajeita os óculos. Esqueceu de mandar regular a armação de aro azul. Vive esquecendo disso. E os óculos vivem caindo no nariz.

Já passa de uma hora e quinze.

A bicicleta. O rapaz da bicicleta. Ele a vê e abre o sorrisão. Aproxima-se pedalando devagar. Encosta a bicicleta no tronco da árvore e diz: a senhorita não me é estranha. Ainda sentada, ela diz: já nos trombamos por aí, moço? Confesso que não me recordo.

Talvez tenha sido no baile da semana passada, em Martinho Campos, ele comenta. Não me recordo, sinceramente. Dancei a noite toda com tantos rapazes! Difícil me lembrar de todos, sabe? Faça um esforço, senhorita. Eu tenho quase certeza de que nos conhecemos. Ah, os óculos e o cabelo curtinho! Pronto, era você, sim, a gente dançou as duas últimas músicas do baile. Confessa que se lembra de mim, senhorita.

Desabam a rir alto e se abraçam.

Depois, ficam se beijando na boca, à sombra do pé de jatobá.

Na garupa da bicicleta, Rosalina vê Sage deitado em frente ao portão da casa na rua Engrácia Maria do Rosário. Ela pula no chão e se aproxima dele. Seja bem-vindo, cão castanho-melgaço. Não ignorou o meu convite, que maravilha. Olha só, João Carlos, mais uma mascote para a casa mágica. Ela faz carinho no cachorro, enquanto João Carlos desce da bicicleta e olha para o muro. Rosalina já tinha visto que ele está sendo restaurado. Várias partes já foram ajustadas em tijolos e cimento. Acabou o material, por isso o pedreiro não terminou, explica João Carlos, a gente já está providenciando o restante necessário.

Rosalina abre o portão e eles vão caminhando pelas pedras de ardósia. Sage os acompanha, com o olhar tristécio.

Me conta como está sendo a receptividade das pessoas, João Carlos, por favor, estou vivinha de curiosidade.

Levando a bicicleta pelas mãos, ele diz: muitas pessoas não querem nem saber dessa história de casa mágica! Falam que a Felícia, você e eu somos três desocupados, que esse embondo não vai dar certo, que aqui em Morada Nova ninguém gosta de ler.

Depois de uma pausa, ele continua: mas várias pessoas estão animadíssimas com a ideia! Por enquanto, já temos umas quarenta pessoas. Quarenta? Muito bom! Ela se empolga. Você está fazendo um ótimo trabalho.

Ela abre a porta da sala. Ele encosta a bicicleta num pé de manga. Sage olha para Rosalina.

Pode entrar, Sage, fique à vontade. Você precisa conhecer o interior da casa.

Atravessam a sala de visita e entram na sala de armários envidraçados. Rosalina se aproxima dos livros livres. Está tudo limpo e muito bem organizado. Ela não vê a hora de os livros ficarem bagunçados sobre a mesa, comprovando que foram tocados, olhados, virados, viajados, lidos. Alguns irão para a casa das pessoas.

Então João Carlos sugere: o que acha de fazermos um cantinho para as crianças? Pode ser ali perto daquela janela. Almofadas no chão e prateleiras baixas. Na biblioteca de Traçadal tem um espaço assim. A meninada gosta muito. Ela o beija no rosto e diz: ideia tranchã! Ele continua: o acervo daqui não tem livros de autores modernos para crianças, mas tem tudo de Heli Menegali, Cecília Meireles, José Mauro de Vasconcelos, Viriato Correia, Lúcia Machado de Almeida... Rosalina: tem Graciliano Ramos, Edy Lima, Monteiro Lobato, vários livros de contos de fadas, Andersen, Irmãos Grimm, muitos contos populares, preciosidades!

Com o tempo, ele diz, a gente pode ter conseguimento de adquirir livros da atualidade.

Eles se beijam de novo.

Sage sai da sala de armários envidraçados e vai andando pelo corredor de tábuas escuras.

A CASA MÁGICA

Já são três e meia da tarde.

Às quatro, começará o primeiro sarau de poesia.

Tia Felícia providenciou jarras de suco e biscoitos de queijo.

No avarandado, as cento e quarenta e quatro cadeiras estão limpas e disponíveis. Irrequietos, Rosalina e João Carlos aguardam a chegada dos primeiros convidados. Ora se sentam no avarandado, ora se levantam, vão até a cozinha, vão até a sala dos armários envidraçados, entram na sala de visita, voltam para o avarandado e ajeitam uma coisa ou outra.

Às quinze e quarenta e cinco, chega a primeira pessoa. É o Palito da mercearia. Na sala de visita, Rosalina e João Carlos sorriem ao vê-lo se aproximar.

Entre, entre, diz Rosalina, correndo a cumprimentá-lo. Boa tarde, moça. Boa tarde, Palito. Seja bem-vindo, viu? Ele tira um embrulho de dentro da sacola pendurada no ombro: trouxe roscas de trança. Que ótimo! Agradecemos muito! Ela diz. Boa tarde e muito obrigado por ter vindo, diz João Carlos. Boa tarde, Palito diz, timidamente. Achei que devia trazer uma coisinha para a merenda. É com muito gosto, viu? Ele completa, desajeitado em sua timidez, mas de enorme simpatia.

Rosalina leva o embrulho de roscas de trança até a cozinha. Encontra tia Felícia terminando de coar café. Olha só, tia, vai ter roscas de trança também, o Palito trouxe.

O magricela é uma flor de pessoa, ela comenta.

Sobre a mesa, bandeja grande com copos e canecas. Rosalina põe as roscas numa travessa, ao lado da gamela cheia de biscoitos de queijo. E diz: vamos ter dois tipos de quitanda. Nada mal, hem, tia?

Felícia tampa a garrafa térmica e diz: no meu tempo de mocinha, a gente vivia escrevendo acrósticos. Minhas colegas e eu nos reuníamos na casa de uma de nós e danávamos a escrever e recitar acrósticos. A gente fazia concurso de qual acróstico era o mais bonito! E sempre tinha uma merenda gostosa, eta bondade. A gente enchia a barriga e a imaginação!

Radiante, Rosalina diz: era um tipo de batalha poética, um slam, tia. Hoje se diz slam. Está na crista da onda o slam!

Já pensou se não vier mais ninguém? Diz Felícia. Pode ser que venha apenas o Palito, que é sempre tão gentilzinho.

Rosalina leva um susto. De fato, pode ser que o primeiro sarau se torne um fiasco. Um imenso dissabor, diria a Dirce.

$$\star$$

Meia hora depois, é como se a vida, num passe de compromisso mágico, se destinasse a pintar um quadro em que o avarandado possua quarenta e quatro pessoas sentadas em cadeiras lustrosas. Na bela pintura de cores quentes, cada pessoa tem nas mãos um livro de poesia escolhido. Agora, todos se preparam para a leitura em voz alta. Em duplas ou trios, ensaiam o tom de voz. Conversam, riem, comentam os versos.

Rosalina e João Carlos se aproximam ora de um grupo, ora de outro, esclarecem o significado de alguma palavra, dão sugestões para a leitura. Tia Felícia faz dupla com Palito. Os dois às voltas com um livro da Cecília Meireles.

Vez ou outra, Rosalina se afasta e, da porta que leva à cozinha, fica olhando para as pessoas. Todas parecem leves e disponíveis. Parecem compor um regalório. Ao pensar em regalório, se compraz em guiar a charrete das palavras abandonadas, das palavras esquecidas, das palavras desenterradas e trazidas de volta à vida.

A maioria é de mulheres, ela observa. Dentre as quarenta e quatro pessoas, só onze homens. Em geral, os homens são mais refratários, o João Carlos comentara. Devido ao machismo e a uma falta de estudo, muitos deles acham que poesia é coisa para mocinhas apaixonadas ou mulheres depravadas. Ainda não descobriram que poesia é um estremecimento danado de bom. Ao ouvi-lo falar assim, Rosalina se encanta ainda mais com o rapaz da bicicleta. O rapaz da biblioteca.

***

Depois da declamação de poemas, que até que correu bem, só dois rapazes e uma menina não deram conta de recitar, danaram a tremer de vergonha, Rosalina diz: atenção, por favor. Antes de a gente merendar, quero fazer uma pergunta. O que pensam a respeito da proibição do recital de poesia na praça, durante a feira de sábado? Quem quiser falar, levanta a mão, por favor.

Um pesado silêncio percorre o avarandado, de uma ponta a outra. João Carlos se aproxima de Rosalina e, em pé, os dois ficam olhando para as pessoas. Tia Felícia permanece sentada ao lado de Palito.

As vozes demoram a vir.

A primeira é a de dona Dalva, gordinha, lenço alaranjado na cabeça: a lei é para ser cumprida. Se o prefeito deu a ordem, não há o que fazer.

Dona Juliana, magra e com mania de coçar a nuca: feira é lugar de vender coisa, não de mexer com poesia.

Seu Mateus, barrigudo e careca: o prefeito sabe o que faz.

Dona Marília, pequena e sorridente: mas o prefeito prendeu os estudantes, gente! Prendeu os meninos, só porque eles estavam recitando poesia na praça! Coisa que a gente acabou de fazer aqui, ara, mas tá.

Dona Dalva: aqui é lugar de recitar poesia. O ambiente daqui é adequado.

Seu Marquito, de voz fanhosa: cada lugar tem a sua serventia, eu concordo com a dona Dalva.

Dona Mirinha, encabulada e hesitante: os estudantes... Sei lá, acho que eles estavam... estavam fazendo baderna... na praça.

Dona Marília: baderna coisa nenhuma! Estavam apenas recitando poesia, sou testemunha disso. O que fez o prefeito prender os pobres dos meninos foi o assunto de alguns poemas. O prefeito não gostou de ser criticado, essa é a verdade.

Rosalina e João Carlos se entreolham, emocionados. Deixam que os comentários tenham prosseguimento.

Palito, o mais velhinho e magrinho de todos: penso igual a dona Marília. O caso é que esse pessoal das autoridades não aceita pito. Eles só sabem dar ordens.

Rosalina se encanta com a palavra pito. Tem tantos significados! Pode ser um tipo de cigarro, flauta de bambu, cavalo magro, vaso grande, libélula e reprimenda, que é o significado que o Palito disse. O pessoal das autoridades não aceita ser chamado a atenção, não aceita crítica.

Tia Felícia: não tem nada de mais os estudantes fazerem as críticas deles! Os meninos estudam para tomar conhecimento das coisas, e, ao tomarem conhecimento, sentem vontade de questionar o que há de errado no mundo. Sem esse tipo de reação, o mundo seria uma barbárie, uma selvageria, uma predominância de pessoas egoístas e cruéis.

Dona Dalva: duvido que o prefeito volte atrás na decisão dele! Aquele ali é mula empacada.

Alguns riem.

Palito: se ele é mula empacada, a gente faz a mula andar!

Todos riem, até dona Dalva, que ri disfarçadamente, mas ri.

Rosalina se lembra de Dorlinda: quem sabe você dá conta de fazer a sua tia voltar a gostar de movimento? De mão dada com João Carlos, os dois em pé e encostados na porta que leva à cozinha, ela imagina um mundaréu de gente obrigando o prefeito a se movimentar. A mula empacada vai ter que se movimentar.

Um mundaréu de gente recitando poemas na praça. E vem o prefeito. O mundaréu faz a mula andar. Exige que se realize o sonho de liberdade.

✦

Na hora da merenda, Rosalina e João Carlos ficam observando as pessoas que, ruidosas e agora todas muito falantes, bebem suco e café, comem roscas de trança e biscoitos de queijo.

Me incomoda a ideia de que a maioria tenha vindo apenas por causa dos comes e bebes, João Carlos. Eu avisei que ia ter merenda, ele diz. Se não falasse isso, atrairia menos gente. O que me parece até compreensível, Rosalina, pois alguns aqui são bem pobres.

E Rosalina: a maioria não se posicionou, quando a gente falou sobre a proibição de poesia na feira, eu botei reparo nisso.

Sim, a maioria se calou. Alguns por timidez, claro, mas vários por não concordarem. Não vai ser fácil, Rosalina.

Não vai ser mamão com açúcar, diria a Dirce, e vamos precisar de muito mais gente, João Carlos, se quisermos uma grande intervenção poética. Para surtir efeito, vamos precisar de uma multidão na praça. Ele reitera, beijando-a no rosto.

Algumas pessoas ficam olhando para os dois, com feitio de reprovação. Eles percebem isso e continuam a conversar.

Bem provável que a maioria não aprove o nosso namoro, diz João Carlos. A maioria deve ser racista. Vamos testar agora, ela diz e o beija na boca. É um beijo leve e rápido, o suficiente para chamar a atenção de várias pessoas que não dão conseguimento de disfarçar o desconforto.

Temos muito trabalho pela frente! Ela diz, séria, mas resoluta.

Depois de uma pausa, João Carlos comenta: você botou reparo que não vieram muitos negros? Em Morada Nova tem tanta gente negra quanto branca, pelo que sei, mas quem veio é gente branca em sua maioria.

Rosalina pensa um pouco. E diz: será que o trabalho dos negros os impede de terem mais liberdade? Devem estar em serviços menos valorizados, ganham muito pouco e ficam à mercê do humor dos patrões. A escravização dos negros continua, de um modo ou de outro, diz João Carlos, sério. Deixei convite para várias pessoas, bati na porta, conversei pessoalmente, fiz questão de olhar no olho das pessoas, mas talvez muitas delas não tenham dado muita importância ao convite de um preto que é cozinheiro de pousada.

Eles veem que todos conversam e riem contentes, enquanto merendam ao redor da mesa da cozinha. Alguns sentados nos bancos, outros em pé.

Rosalina se lembra de Sage. Por onde ele anda? Desde que entrara na casa mágica e o vira andar pelo corredor de tábuas escuras, não o viu mais. Silva e Xavier não apareceram. Então ela pede que João Carlos a aguarde por um instante e vai até o jardim da frente da casa. Dezenas de gatos caminham no jardim. Alguns dormem sossegados. Nada de Silva e Xavier. E onde está Sage? O normal seria ele estar à espera de comida na cozinha. Que estranho. Ela vai até o quintal. Não o encontra. Volta para a cozinha, vê João Carlos conversando com tia Felícia, atravessa o corredor e entra na sala de armários envidraçados.

Sage dorme no tapete em frente à poltrona que fica entre os armários. Silva e Xavier, um de cada lado, dormem encostados em Sage.

Rosalina se encanta com o suave significado desse dormir de cão e gatos. Lembra da frase "eles vivem como cão e gato". Ela sorri. Por tanto gostar de mexer com o sentido das coisas, não para de se enlear com as infinitas veredas do grande sertão do sentido das coisas.

✦

Foi tranchã todo mundo ajudar na hora de arrumar a cozinha, diz Rosalina, pulando da garupa da bicicleta. João Carlos acaba de estacionar em frente à casa verde. O Palito pediu que todos cooperassem e teve conseguimento disso, ele é muito querido, diz João Carlos. O Palito já está se configurando um grande e importante aliado, diz Rosalina, contente. Em seguida, ela ajeita os óculos e bate palmas em frente à casa verde da rua Célia Francisca de Oliveira.

Passam-se alguns minutos.

Rosalina e João Carlos se beijam.

Depois, João Carlos bate palmas junto com Rosalina, o chamamento se reforça, quem sabe assim a Dirce aparece mais rápido.

Passam-se alguns minutos.

A porta é aberta e Dirce aparece: já estou indo.

Assim que ela destranca o cadeado do portão, João Carlos pede licença e vai entrando com a bicicleta. Sobe os degraus com ela e a deixa no pequeno alpendre da frente da casa.

Rosalina e Dirce, depois de se abraçarem, vão subindo a escadinha de pedra que leva ao pequeno alpendre da frente da casa.

Por que vocês não foram ao sarau? João Carlos indaga. Fiz o convite pessoalmente, Dirce. Pensei que pelo menos você iria.

Vamos conversar aqui mesmo no alpendre, por favor. Dirce fala, em voz baixa. A dona Olímpia está no quarto. Não está nada bem e vai ter que ser internada no hospital de Abaeté.

Eles se sentam no murinho do alpendre. Que triste, comenta Rosalina. É algo grave? Infelizmente, sim, Rosalina. Pelo que sei, a dona Olímpia não vai durar mais que dois ou três meses.

Eu ia ao sarau, já tinha combinado, a Almira ia fazer companhia a ela, mas daí começou a sentir muita dor, danou a chorar e falar umas coisas tenebrosas, umas coisas do arco da velha, minha experiência de enfermeira exigiu que eu ficasse, e foi importante, pois ela começou a sangrar pelo nariz, sangrou demais, a Almira ia ficar perdidinha sem saber o que fazer.

A frase "umas coisas do arco da velha" pula em cima de Rosalina. É como se umas coisas do arco da velha ficassem penduradas em seus ombros e ela precisasse carregá-las, ainda que não as compreendesse em todos os seus significados.

E se em vez de um arco, fosse uma arca? Rosalina fica imaginando a arca da velha. Uma grande mala de madeira onde a velha guarda os documentos que incriminam gente endinheirada e poderosa que prejudicou gente pobre e simples. Será que o mistério do bisavô Paulo se encontra guardado na arca da velha?

A velha poderia ter tacado fogo na papelada. Ainda que o original de alguns papéis estivesse no cartório da cidade, o fato de ela dar fim aos documentos dificultaria qualquer investigação. Talvez os papéis não existam no cartório. Naquela época, muita coisa acontecia à revelia da lei. Muita gente inventava a sua própria lei.

Se ela não rasgou nem tacou fogo, é porque talvez no íntimo espere que alguém encontre e divulgue os papéis, como se esse último gesto a redimisse e a salvasse do fogo do inferno. A dona Olímpia deve acreditar no fogo do inferno.

João Carlos beija Rosalina no rosto e Dirce comenta: vira e mexe, a Rosalina vai para o ermo do não sei onde! Rosalina ri. Primeira vez que escuta essa expressão e aprecia. Quando uma pessoa fica distraída, ou pensando em algo, significa que foi para o ermo do não sei onde.

Uma arara-vermelha sobrevoa a praça do coreto em frente à casa verde. Que triste a dona Olímpia estar tão doente! Rosalina comenta, voltando ao assunto da Dirce. E claro, você tinha que ficar com ela. A internação é coisa imprescindível? Pergunta João Carlos.

Dirce ajeita o coque no alto da cabeça e diz: infelizmente, sim. Vai ser depois de amanhã. Uma ambulância vai vir buscá-la. Eu irei com ela, o Durval pediu que eu a acompanhe nos primeiros dias.

João Carlos: quando estive aqui e convidei vocês e a Almira, a dona Olímpia disse que provavelmente iria, porque tem apreço pela Rosalina.

A enfermeira se levanta e fica olhando para a arara-vermelha que sobrevoa a praça de um lado a outro. E diz: ela de fato queria ir, mas piorou muito de ontem para hoje. Quanto à Almira, não foi autorizada a ir, a dona Olímpia disse que sarau não é ambiente para empregada doméstica. Eu iria, claro, daí ela entrou em crise, começou a sangrar demais pelo nariz. Liguei para o Durval e ele está providenciando a internação.

Sarau não é ambiente para empregada doméstica, repete Rosalina. A dona Olímpia disse isso, que tragédia, ela completa. Esse pessoal rico é tudo assim, comenta Dirce olhando para ela e voltando a se sentar. E olhando para João Carlos: quanto a você, rapaz, já sabe o que ela pensa.

Rosalina o beija no rosto.

Na praça, a arara-vermelha pousa em uma das árvores.

$$\cdot \diamond \cdot$$

Já é noite e os dois conversam num banco da praça. A bicicleta deitada no chão. Rosalina olha para o anel de marcassita, morde os lábios e ajeita os óculos. Não vejo a hora de experimentar uma gostosura feita por você, João Carlos! Qual é o seu carro-chefe? De sal ou de doce? Ele pergunta. Diga aí o carro-chefe de sal e o de doce, ela pede. Legumes ao molho de manjericão e ambrosia. Muita sorte ter um namorado cozinheiro, eta bondade. Mudando de assunto, vamos marcar outro sarau para amanhã à noite, ela decide. Temos que reunir muita gente! Só assim teremos conseguimento de marcar uma intervenção poética aqui na praça.

Ele beija-a na testa e diz: como reunir muita gente em tão poucas horas de divulgação? Me parece impossível.

Ela sorri. Ele fica olhando para ela.

Foi o Sage que me inspirou. Ele me fez lembrar do Tiãozinho da Cachorrada, que tem um... Um megafone! Diz João Carlos, com o rosto trêmulo de alegria. É isso, Rosalina, que ideia espetacular, é isso, o megafone!

O Tiãozinho, com a moto dele para baixo e para cima, além de chamar a cachorrada, vai chamar também a gentarada! Empolga-se Rosalina. Sabe onde ele mora? Precisamos falar com ele ainda hoje. Sei, sim, mora perto da minha casa. Pronto, está combinado. Vamos lá conversar com ele agora. Agora? Sim, agora, João Carlos. Temos pouquíssimo tempo. A qualquer momento posso ter que voltar para Belo Horizonte. Está bem, vamos lá para a casa dele.

A charrete indomável e livre. O susto de acontecer.

***

Alto e meio barrigudo, de boné verde com a aba para trás, Tiãozinho vem se aproximando do pequeno portão de madeira do muro baixo de sua casa.

Rosalina e João Carlos permanecem na calçada. A bicicleta apoiada ao muro.

Boa noite, Tiãozinho, diz João Carlos, desculpa te incomodar a essa hora, mas se trata de algo urgente e necessário. Boa noite, diz Rosalina, tudo bem? É um prazer te conhecer, viu? Sou a Rosalina da Dorlinda da Alice do Olinto do Paulo.

Ele estende a mão para ela. Muito prazer, Rosalina. Sei da sua mãe, ela é professora em Dores do Indaiá. Já ouvi falar muito sobre a dona Alice e o seu Olinto. Querem entrar?

Obrigado, Tiãozinho, podemos conversar aqui mesmo, vai ser algo rápido, mas importantíssimo. Você pode nos ajudar a revolucionar Morada Nova. Você sabe da proibição de poesia na feira da praça.

Tiãozinho cruza os braços sobre a barriga e diz: sei, claro, uma injustiça com os estudantes. Você os conhece? Pergunta Rosalina. Conheço, sim, são sete jovens do Brejo da Ponte. Ela sorri: Brejo da Ponte! Gostei. Tiãozinho continua: é a parte mais pobre de Morada Nova. Lá é tudo uma precariedade que dá dó, mas a moçada de lá é muito valente. Tiram as melhores notas no colégio. Escrevem e recitam poesias que são uma beleza! São quatro rapazes e três moças, sendo que um rapaz e uma moça são negros e eles são os líderes do grupo.

Rosalina morde os lábios e ajeita os óculos: queremos fazer uma intervenção poética na praça, para obrigar o prefeito a tirá-los da cadeia. Já começamos a chamar as pessoas para nos reunirmos na casa da minha tia Felícia. Hoje apareceram quarenta e quatro pessoas. A gente precisa de pelo menos mais cem. Com a leiturança de poesia lá na casa da minha tia, as pessoas vão se emocionar e apoiar os estudantes, entende? Vão ter coragem de declamar na praça e com isso chamar a atenção do prefeito.

João Carlos: precisamos de divulgação urgente, porque a gente pretende fazer um sarau amanhã à noite. Quanto mais gente for, mais forte será a campanha poética de apoio aos estudantes.

Tiãozinho descruza os braços e sorri para eles, dizendo: me orientem sobre o que devo dizer, está bem? Vou fazer isso com muita garra! Vou zanzar com a moto o dia inteiro, vou botar a boca no megafone, deixem comigo, ara, mas tá. Faz tempo eu venho cozinhando vontade de atacar a empáfia desse prefeito! Ele caçoa de mim, porque dou comida para os cachorros de rua. Diz que minha função é cuidar apenas de atrair turistas para as nossas praias de rio, os passeios de barco, essas coisas que trazem dinheiro. Diz que eu perco tempo com cachorros sem dono. No que depender de mim, o entojado do Guilhermino Almeida Alves Duarte da Rocha vai saber direitinho o que é um povo que não se acovarda!

A REVELAÇÃO

No outro dia, quinta-feira, é dia de Maria do Carmo, lembra Rosalina, ela toma café mais cedo e vai para a frente da casa verde.

Dirce não demora a abrir o portão e leva-a até o quarto de dona Olímpia. Assim que eu falei que você chegou, ela mandou abrir a porta. Ela tem urgência em conversar com você, menina.

Ao entrar, Rosalina observa mais uma vez a suntuosidade do quarto. A penteadeira se destaca solenemente. Deitada na cama, a cabeça recostada em travesseiros de fronhas de fino tecido e franjas de renda, dona Olímpia é uma velha que, de uns dias para cá, envelheceu vinte anos. O rosto emagreceu demais. Os lábios esvaecidos. As mãos continuam gordinhas, mas cheias de manchas.

Eis que chegou a neta do amor da minha vida, diz dona Olímpia, com um sorriso hesitante. Dirce, pega a poltrona da penteadeira para a Rosalina se sentar perto de mim.

Recostando-se no almofadado de cetim, Rosalina está diante da noiva desprezada. Lembra da história dela. Olímpia imaginava que se casaria com o Olinto, havia ficado noiva dele e fez segredo disso, preferiu a discrição. À sua revelia, o Olinto oficializou noivado com a Alice e com a Alice um dia ele se casou. Caçoou do sentimento da Olímpia. Era um falastrão. Agora, a noiva desprezada contempla o rosto da neta do falso noivo. Olinto do Paulo está de volta nas sobrancelhas dessa menina. No tom de voz dela, principalmente quando lê em voz alta.

Dirce, pode sair. Mas, dona Olímpia, a senhora pode passar muito mal e... Quero ficar sozinha com a neta do amor da minha vida, diz Olímpia, categórica. Dirce a obedece, movendo-se devagar em direção à porta. Antes de sair, olha para Rosalina e diz: se precisarem de mim, vou estar na cozinha, ajudando a Almira na preparação do almoço.

A porta se fecha.

Que bom que veio, Rosalina. Vou internar amanhã e talvez não volte do hospital. Não diga isso, dona Olímpia! A senhora vai fazer um tratamento, vai melhorar e vai voltar para casa. Não se atreva a morrer antes de me passar os documentos incriminadores, ela pensa.

O que tenho é muito grave. Posso ficar por lá mesmo no hospital.

Um silêncio repentino. As duas ficam se observando.

Em seguida, dona Olímpia retoma a conversa. Você já deve saber de uns papéis que eu guardo. Morada Nova inteira sabe desses papéis, diz Rosalina, com o coração disparado. Sim, Morada Nova inteira imagina coisas sobre eles. De fato, são papéis comprometedores para a minha família. Eu poderia ter dado um fim a eles, mas alguma coisa me impediu, alguma coisa não permitiu que eu tomasse qualquer atitude de destruí-los.

Os lábios de dona Olímpia tremem um pouco e ficam ainda mais alvadios. Todo o rosto parece esmaecido. Só os olhos verdes conservam um pouco de ânimo.

Quando te conheci, comecei a entender o motivo. Esses papéis pertencem a você.

Rosalina sente o coração disparar ainda mais, sente falta de ar, olha para o anel de marcassita, respira fundo e ajeita os óculos.

Os moradenses pensam que são documentos oficiais que comprovam as injustiças cometidas pelo meu sogro. Tais documentos nunca existiram. Naquela época em Morada Nova, as terras pertenciam a quem chegasse e começasse a plantar e criar gado nelas. Não se fazia documento em cartório. Quem tinha condições, pronto, chegava e cercava o tanto de terra que quisesse explorar. Era invasão mesmo. Expulsavam ou matavam índios, quando necessário.

Embora frágil, a voz de dona Olímpia é clara e decidida.

Qual o nome do sogro da senhora?

Pedro Antônio Lopes Freire Guimarães da Veiga. O Jacinto, meu marido, era um dos filhos da Vicentina e do Pedro. Meu sogro era praticamente dono de toda Morada Nova. Quer dizer, ele se fez dono.

Quando o Jacinto morreu, fiquei com tudo que era dele. Esse tudo era quase Morada Nova inteira, o Jacinto herdou do pai. Quer dizer, o Jacinto tomou para ele tudo o que o pai deixou. Passou a perna nos irmãos. Acontecia isso demais em Morada Nova. Quem era mais vivaldino traía o resto da família.

Dona Olímpia tosse um pouco. Depois, continua: o caso, Rosalina, é que o barão Pedro, meu sogro, se fazia de amigo do seu bisavô Paulo. Fingia que era amigo, mas só pensava em abocanhar mais terras. O seu bisavô também tinha algumas terras aqui. Um dia, o meu sogro mandou um curimbaba matar o Paulo, a mulher dele e os filhos. Estavam jantando e foram surpreendidos pelo curimbaba que entrou na casa como quem entra para pedir um copo d'água, era um conhecido, um empregado do amigo Pedro, foi entrando sem cerimônia como sempre, o Paulo e a mulher chegaram a sorrir para o curimbaba, mas em seguida caíram baleados.

Rosalina, olhando para o rosto esvaecido da noiva desprezada, se alegra, tem vergonha disso nesta circunstância, mas se alegra, a palavra curimbaba acabou de ser apresentada a ela. Deve ser de origem indígena, sinônimo de capanga, um empregado de confiança.

Os filhos, uma menina e um menino, também foram baleados, mas o menino sobreviveu. Ele se fingiu de morto. Assim que percebeu que o curimbaba estava longe, se despediu dos cadáveres e fugiu para Abaeté. Foi pela mata, passando sede e fome. Teve conseguimento de ser criado por uma viúva que não tinha filhos.

Esse menino criado por uma viúva em Abaeté é o vô Olinto. Rosalina diz, se desalegrando.

Sim. E o Olinto voltou para Morada Nova quando a mãe adotiva morreu. Ele já era um rapaz e tinha um bom dinheiro deixado pela viúva. Assim que pôde, comprou a casa onde mora a sua tia Felícia.

Rosalina morde os lábios e ajeita os óculos.

Ainda não entendo o porquê da minha família dizer que o bisavô Paulo é um mistério. O vô Olinto sabia que o pai, a mãe e a irmã dele tinham sido assassinados pelo curimbaba. Por que ele não contava essa história? Ele não era muito novinho quando foi baleado, tanto que teve conseguimento de andar a pé por vários quilômetros. Por que espalhou a história de que o pai era um mistério? Por que não contava o que aconteceu de fato com a família?

O Olinto, além de falastrão, era também muito orgulhoso. Não quis espalhar uma história triste de derrota, sabe? Preferiu dizer que o pai era um mistério e pronto. Achou mais bonito assim, decerto.

Achou mais bonito assim, Rosalina repete. Deu preferência ao mistério e não à verdade de uma injustiça. O terrível em tudo isso é que a própria verdade já tem seus mistérios. E Rosalina ainda comenta: ele se despediu dos cadáveres e fugiu.

Olímpia: naquele tempo, cadáveres apodreciam durante vários dias, até que alguém desse notícia do mau-cheiro. Daí alguém enterrava, sem ousar pedir investigação. Quem mandou matar continuava a sua vida de sempre. O Olinto teve sorte de ser acolhido pela boa viúva. Ele era uma criatura fascinante, essa é a verdade.

Anos depois, a senhora se apaixonou pela criatura fascinante. Foi noiva dele. Sim, ele fez de conta que era meu noivo, se aproveitou da minha timidez e do modo discreto como eu agia naquela época. Mas, como já te contei, ele ficou noivo de verdade foi da Alice.

Rosalina fica pensando por um instante. Depois, diz: de certo modo, ele se vingou da família que acabou com a família dele. Usou a senhora para se vingar.

Olímpia sorri levemente: o Olinto era um homem de muitos segredos.

Rosalina: a senhora também aprecia segredos, não é mesmo? Nossa, é muito cinema e muito livro o vô Olinto ter dado conseguimento de guardar uma história trágica durante a vida toda! A mãe, a irmã e o pai foram assassinados pelo curimbaba do tal barão Pedro. Ele viu a tragédia acontecer. Ele já tinha idade para entender que o objetivo era tomar as terras da família dele.

No fundo, Rosalina, o mistério da sua família é o Olinto, o amor da minha vida.

Ela se lembra que o avô era racista. Forçou uma empregada negra a receber sua fúria de sexo e a pobre engravidou. Vô Olinto dizia que tinha nojo de negros, mas obrigou uma negra a satisfazê--lo com uma carne barata. Para isso ela servia.

Um menino que viu o assassinato da irmã e dos pais, diz Olímpia, já com a voz mais fraca. Um menino que se fingiu de morto e depois fugiu pela mata, até chegar em Abaeté. Que zanzou pelas

A CASA MÁGICA   203

ruas de Abaeté, até ser acolhido por uma boa viúva. Um rapaz que voltou para Morada Nova, se organizou e comprou uma ótima casa. Ele era o amor da minha vida.

Rosalina ajeita os óculos: quais documentos a senhora guarda?

Um pouco de sangue começa a escorrer das narinas de dona Olímpia e ela diz: são cartas do seu avô. O Olinto escreveu cartas para mim a vida toda.

Como assim? Ele fez de conta que era noivo da senhora e se casou com outra, a minha vó Alice! E pelo que sei, o casamento dele com a vó Alice não foi péssimo.

Mas ele gostava de escrever cartas para mim. Sentia prazer nisso, sabe? Era um falastrão, como já te falei. Deixava as cartas num ninho de joão-de-barro abandonado.

Num ninho de joão-de-barro abandonado? Rosalina se espanta com o pormenor poético.

Sim, numa árvore da praça aqui em frente. Ele era alto e alcançava o ninho com facilidade. Na época do namoro, ele já deixava cartas para mim nesse lugar. Ele dizia que eu era romântica e então ele ia fazer algo romântico para mim. Eu adorava! Tinha hora marcada, sabe? Todo domingo, às cinco da tarde, ele deixava uma carta no ninho abandonado. Eu via da janela o momento exato em que ele chegava na árvore e punha bem depressa a carta dentro do ninho. Ele agia com todo o cuidado, era muito esperto. Assim que eu via, saía de casa rápido e pegava a carta. Eu também sou cuidadosa. Ninguém nunca deu fé da nossa árvore dos correios. Depois do casamento dele, pensei que nunca mais receberia carta nenhuma, claro. Pouco tempo depois, eu o vi rondado a nossa árvore e o nosso ninho abandonado. Era um domingo, cinco da tarde. Dali mais uns instantes, fui lá e peguei a carta. A partir desse dia, não falhou mais. Todo domingo, às cinco da tarde, mais uma carta do amor da minha vida.

O sangue para de escorrer das narinas, mas já há bastante sangue ao redor da boca.

Rosalina pensa em chamar a Dirce. Ao mesmo tempo, quer ouvir mais, quer ouvir o principal. Onde estará a arca da velha? Que ela não se atreva a morrer antes de revelar o principal.

Os tais documentos são as cartas do seu avô, Rosalina. São muito bem escritas! Nelas, ele conta tudo sobre a tragédia da família. As primeiras palavras de cada carta eram sempre de amor fingido. Eu sabia que não me amava, mas nas cartas ele dizia que me amava e eu fazia de conta que era verdade. Depois das palavras mentirosas, ele falava sobre a tragédia. Era um menino quando tudo aconteceu, mas entendeu que a família tinha sofrido uma injustiça. Através das cartas, relatou a tragédia para mim. Fez isso de um modo cativante.

Em vez de contar para a própria família, fazer com que a família conhecesse a sua própria história, ele decidiu contar apenas para a senhora.

O sangue volta a escorrer pelas narinas de dona Olímpia e ela diz: ele sabia que eu guardaria segredo. Ele me conhecia bem. Sabia que eu era tímida e orgulhosa. Ao mesmo tempo que desabafou ao escrever as cartas, se certificou de que a destinatária não teria coragem de revelar a qualquer outra pessoa o que estava escrito nelas.

Rosalina fica estatuada diante da noiva desprezada. De repente, não sabe o que falar.

E dona Olímpia ainda diz: quando você leu em voz alta para mim o caderno de recordação da Engrácia, me veio um alvedrio de que alguém leia em voz alta as cartas do amor da minha vida. São cartas que podem ser lidas como se fossem capítulos de um romance. São literárias, entende? Cartas ou capítulos de um romance arrebatador. Você pode e vai gostar de ler sozinha, claro, mas o ideal é que leia para outras pessoas. Eu não me importo que as pessoas riam de mim. Não agora. Não mais. Meu alvedrio é que o belo escrito das cartas se torne conhecido. O amor da minha vida era um escritor.

A palavra alvedrio deixa Rosalina extasiada. Alvedrio é linda demais.

As cartas estão numa pequena arca no meu guarda-roupa, na prateleira mais alta, à esquerda. A chave está no fundo falso da caixinha de joias da penteadeira. Basta você levantar o fundo e vai encontrar a chave.

A arca da velha agora é minha, pensa Rosalina, querendo rir, ao mesmo tempo assustada e tensa com tudo o que acabara de escutar.

Ao ver que dona Olímpia desmaiou, corre para chamar a Dirce.

O REBULIÇO

É de ver que as cento e quarenta e quatro cadeiras estão ocupadas. E mais gente aqui e ali em tamboretes e no murinho do avarandado. Adultos, jovens e crianças. Cada um trouxe uma coisa ou outra para a merenda. Cada um teve a oportunidade de mexer nos livros dos armários envidraçados e escolher um trecho para ler em voz alta. As crianças que ainda não leem as letras se mostram radiantes em poder mexer nos livros e ler traços e cores. Rosalina e João Carlos sugerem que todos escolham trechos poéticos, dizem que não precisa ser poema, pode ser prosa, uma narrativa, uma história, uma ilustração, mas que seja algo poético. A palavra "poético" parece ter sido imediatamente compreendida.

Os mais tímidos dizem que não vão ter conseguimento de soltar a voz, mas tentam ensaiar, se unem em pequenos grupos e um trata de animar o outro.

Silva e Xavier caminham entre as pessoas, relam numa perna ou outra, parecem querer dar ânimo a quem se sente incapaz. E Sage, focinho alerta, observa tudo, sentado nas patas traseiras, junto a um velho pilão de madeira.

Ao constatarem o enleio de todos, Rosalina e João Carlos se entreolham. Ele pede a atenção. Ela abre uma página de um livro de Guimarães Rosa e começa a ler.

No início, algumas pessoas demonstram desatenção, conversam entre si. Aos poucos, a voz de Rosalina vai se sobressaindo e todos se calam. Conforme uma palavra ou outra, os olhos se tornam mais luzentes. Tem palavras que fazem as pessoas sorrirem, pois conhecem muito bem o significado. Tem palavras que fazem as pessoas voarem, imaginarem diferentes coisas, pois desconhecem o significado, mas os sons dessas palavras são asas de beleza nova e livre. Tem palavras que fazem as pessoas ficarem pensando. Tem palavras que fazem as pessoas ficarem tresfoliando, como se neste momento a vida pedisse que todos se divirtam, se movimentem e mexam com o sentido das coisas.

E que voz é essa que parece trazer morada nova para velhos silêncios e velhas palavras?

Ao terminar de ler o pequeno trecho de um conto de Guimarães Rosa, Rosalina vê que João Carlos chora um pouco. Deve ser um choro de séculos e séculos de busca da liberdade. Mas ele rápido sorri e olha para as quase duzentas pessoas espalhadas pelo avarandado. Ele vê que há um bom número de negros. O megafone do Tiãozinho da Cachorrada funcionou a contento.

As pessoas batem palmas para a leitura da Rosalina e se sentem mais animadas a ler também. E leem. Durante longos minutos, cada uma tem o seu momento de soltar a voz.

Antes da merenda, Rosalina ajeita os óculos e faz o convite: vamos ler esses trechos poéticos na praça? Amanhã, sexta-feira, às dez horas? O Tiãozinho vai chamar mais gente e vamos encher a praça! O prefeito vai ser avisado. Queremos que ele assista e veja o quanto a gente gosta de poesia. Estão de acordo?

Silva e Xavier vão para a cozinha. Sage sai de perto do velho pilão e se aproxima de Rosalina. Fica olhando para ela.

João Carlos, de mão dada com ela, acrescenta: com essa intervenção poética, daremos o recado ao prefeito. Ele tem que libertar os estudantes! Às dez horas de uma sexta-feira é o ideal, a gente precisa incomodar. E no sábado, a feira vai voltar! Vai ter feira e vai ter poesia!

Todos aplaudem efusivamente e começam a gritar: vai ter feira e vai ter poesia! Vai ter feira e vai ter poesia! Vai ter feira e vai ter poesia!

Rosalina começa a imaginar um lugar que é sempre morada nova, quando se movimenta em poesia.

⊹

Tarde da noite, a neta do Olinto do Paulo custa a pegar no sono. Fica se lembrando do rebuliço no avarandado e da revelação de dona Olímpia. Ainda não abriu a arca da velha. Adia a leitura das cartas que o vô Olinto escrevia e deixava em um ninho de joão-de-barro abandonado. As cartas que tinham palavras mentirosas, mas também uma história trágica e verdadeira. Como se fossem capítulos de um romance. De propósito, adia a leitura das cartas. Prepara-se para uma acontecência mágica. Inspirada na protagonista de *A mocinha do Mercado Central*, Rosalina é a viajante dos compromissos mágicos. No curso de Letras, poderá escrever uma intrigante monografia sobre os possíveis capítulos de um romance, águas represadas nas cartas do Olinto do Paulo. Comportas que ela abrirá.

Fica se lembrando dos momentos de leitura das pessoas que, no início tímidas, cada uma a seu modo teve conseguimento de ler em voz alta e emocionar os ouvintes com palavras escritas por Lygia Fagundes Telles, Manuel Bandeira, Cecília Meireles, Mário Quintana, Henriqueta Lisboa, João Cabral de Melo Neto, Maria Firmina dos Reis, Machado de Assis, Carlos Drummond, Guimarães Rosa, Hans Christian Andersen, Katherine Mansfield, Miguel de Cervantes, contos e contos de fadas, e tantos outros autores de palavras que querem morar dentro da gente.

Rosalina fica se lembrando de Dorlinda e o silêncio sobre a irmã negra de nome Josefa. Muita coisa tem acontecido, desde que decidiu vir para Morada Nova.

Lembra-se da Luciana, que foi visitar a família no Salgado Filho. Como será viver com a mãe doente e o pai bêbado?

Fica pensando na vó Alice. O marido era racista, teve uma filha com a empregada preta e vivia escrevendo cartas para a noiva desprezada. E qual era o nome da empregada? Por que não se diz o nome dela? Há pessoas que são jogadas num calabouço onde nunca bate sol e o triste destino delas é se tornarem inominadas.

Se a gente não trouxer a Josefa, será tudo em vão. A frase da tia Felícia fica ressoando. Rosalina tem uma tia preta. Como a Dorlinda pôde esconder uma irmã? Logo a Dorlinda, tão aberta a reflexões e mudanças. Por que nunca chamou a filha e disse, filha, você tem uma tia que é negra, você precisa conhecê-la, ainda mais agora que o seu namorado é negro, vai ser importante ouvir tudo o que a Josefa tem a dizer sobre ter pele negra e ser pobre no Brasil.

Nove e meia da manhã. Já tem muita gente na praça. Rosalina observa que algumas pessoas, que vivem perambulando pelas ruas ou enlouquecendo em suas casas, também vieram: o Joca da farmácia, que vive na porta de uma farmácia da rua Frei Orlando, vive pedindo dinheiro para comprar remédio para a mãe dele, mas todo mundo sabe que ele não tem mãe, quer dizer, ninguém sabe de quem ele é filho, o Joca vive na rua desde sempre e nada se sabe sobre ele. A Salete Clarinete vive tocando clarinete na janela de sua casa. Mora sozinha e só come com as mãos, não sabe segurar colheres nem garfos. O vô Sinhô, um velhinho que anda sentado num estrado de madeira com rodinhas que ele mesmo fabricou. O vô Sinhô não tem pernas, no entanto, ele quase voa no seu engenhoso carrinho.

Sage também já veio e anda de um lado para o outro. Rosalina, que imaginava que João Carlos só viria um pouco mais tarde, por causa do serviço na pousada Sete Marias, alegra-se ao vê-lo se aproximando.

Hoje é dia da Maria dos Remédios e ela me dispensou mais cedo. Disse que apoia o movimento. Fiquei muito contente. Ela e as outras Marias virão mais tarde.

Que maravilha! Rosalina se empolga e ajeita os óculos. Eles se beijam rapidamente. Depois, ela diz: tenho muita coisa para te contar sobre a minha conversa com a dona Olímpia. E sobre um segredo que a tia Felícia me revelou, sabe? Quando tudo isso aqui terminar, eu te conto. Já adianto que tem um ninho de joão-de-barro e uma arca da velha. Tem uma mulher sem nome e uma irmã abandonada. Ele a olha com um sorriso intrigado.

Vai chegando mais gente. Quem esteve na casa mágica está de livro na mão. Cada qual vai ler em voz alta o trecho ensaiado, frases ou versos que têm poesia.

De mãos dadas e observando as pessoas, João Carlos e Rosalina continuam a conversar.

Rosalina, eu também tenho muita coisa para te contar.

Deve ter mesmo! Você nunca falou sobre colégio e família, por exemplo.

Preciso voltar a estudar, ele diz. Você deveria estudar à noite! Claro, deveria. Mas por que não estuda à noite, então? Por causa do sono da morte, ele diz. Acordo às quatro da manhã, para dar conta de tomar banho e estar na padaria às quatro e meia. Chego na pousada um pouco antes das cinco e trabalho até uma hora da tarde, ou seja, oito horas por dia, sem descanso, não tenho folga. Gosto de ler e fico lendo a tarde inteira na biblioteca de Traçadal, daí não tenho conseguimento de ir para o colégio à noite. Quando dá nove horas da noite, já estou morto de sono.

Ficar lendo a tarde inteira na biblioteca é um modo tranchã de obter conhecimento, diz Rosalina. Acontece que as aulas no colégio são essenciais para você ter mais qualificação e ser bem aceito em melhores oportunidades de trabalho. A biblioteca só funciona do meio-dia às seis da tarde, de segunda à sexta, diz João Carlos.

Significa que você tem que escolher entre a biblioteca e o colégio, ela diz, beijando-o no rosto. E ele: antes de te conhecer, seria isso. Agora que temos a casa mágica, tudo mudou. Posso estudar no turno vespertino, claro. Dá para almoçar na pousada e sair de lá a uma e pouco da tarde e ir direto para o colégio. Vou ter a casa mágica no fim do dia, até umas nove da noite. E o dia inteiro nos fins de semana! Rosalina diz radiante, o coração batendo forte. Não o dia inteiro, ele diz, enquanto Palito se aproxima e os cumprimenta com um sorriso e em seguida se afasta com seu livro na mão.

Você disse que não tem folga na pousada? Como assim, João Carlos? As Marias exigem que eu trabalhe de domingo a domingo. No sábado e no domingo é até às onze. São boas pessoas, veja, fui dispensado mais cedo hoje. Mas é desumano você não ter pelo menos um dia de folga na semana, João Carlos!

Não posso reclamar, senão elas me mandam embora. Você acabou de dizer que elas são boas pessoas. Boas pessoas até certo ponto, pelo que vejo. As Marias exploram a sua situação.

Os dois se olham. Ela vê toda uma história de injustiça no olhar dele.

Com mais estudo, João Carlos, você pode ter outro tipo de trabalho e horário mais acessível a uma vida de estudante. Eu sei, Rosalina. Vou cuidar disso. Vou concluir o ensino médio. Conviver com você me deu mais ânimo e comecei a sonhar mais.

Ela sorri e o beija no rosto. Algumas pessoas veem e reprovam com o olhar, embora tentem disfarçar com um sorriso leve.

Quem sabe a casa mágica vai acabar dando um puxão de orelhas nessas pessoas entupidas de preconceitos? Ensinar a elas que é tudo uma questão de respeito. Ela sonha em voz alta. E se lembra que Dorlinda a chamou de dona Quixote.

Outra coisa que preciso te contar é sobre a minha família, retoma João Carlos. Ela ri e diz: a sua mãe não liga muito para os seus dois irmãos gêmeos, deixa os coitadinhos sem tomar banho. O seu pai saiu de casa quando você nasceu e nunca mais deu notícia!

Rindo, ele diz: e se fosse essa a minha família?

Ela o beija no rosto e responde: iria querer saber mais sobre ela. Toda história me interessa.

Ele a beija na testa e diz: minha mãe morreu no parto da minha irmã, que tem um ano e dois meses e quem cuida dela é o meu pai.

A CASA MÁGICA 215

Já falei sobre você a ele. É sapateiro, trabalha nos fundos da nossa casa. Faz sandálias de couro e conserta todo tipo de calçado.

Um pai sapateiro! Que poético!

Não pôde participar das leituranças até agora, a minha irmã estava adoentada, ele precisava dar remédio e controlar a febre. Hoje ela está melhor, ainda bem.

Qual o nome da sua irmã? Quer dizer, ela é de quem?

Dona Dalva os interrompe: duvido que o prefeito volte atrás na decisão dele! Aquele ali é mula empacada.

Ao lado de dona Dalva, Felícia lhe sacode o ombro: não vamos desanimar!

Tiãozinho da Cachorrada se aproxima ajeitando o boné verde: já contei para a secretária do prefeito sobre o movimento aqui na praça. Ela já deve estar dando a notícia para ele.

Ótimo, diz João Carlos. Muito bem, diz Rosalina. Vamos que vamos! E assim que Tiãozinho da Cachorrada, Felícia e dona Dalva desaparecem em meio a outras pessoas, Rosalina volta ao assunto "toda história me interessa": me conta, João Carlos, a sua irmã é de quem?

Ele responde, sorrindo: Ana Luíza da Mariana do Faustino da Francisca do Gilberto.

A REVOLUÇÃO

Crianças, jovens e adultos.

A praça do coreto apinhada de gente. Quem esteve na casa mágica tem um livro na mão. Tem uma página escolhida.

O megafone à espera na moto do Tião da Cachorrada. Em círculo, a multidão da casa mágica vai se movimentando. A cada vez que alguém para em frente ao megafone, lê o trecho escolhido. O ritmo segue. Termina uma pessoa e a outra vem em seguida, em círculo de movimento de poesia, um vai-e-vai de intervenção poética.

Como se, em ritmo de ler partitura, a música não parasse de ser cantada.

Adultos, jovens e crianças.

E a praça vai ficando cada vez mais cheia de gente, porque é muito bom o megafone do Tiãozinho da Cachorrada.

Acompanhado de seus correligionários, Guilhermino Almeida Alves Duarte da Rocha, ou Guilhermino da Mirtes do Evaristo da Penha do Lourenço da Ivone, o prefeito, acaba de subir ao coreto. Com expressão de desacatado, parece aguardar o momento de mandar esse povaréu todo sumir da praça. Que vagabundagem é essa em plena manhã de sexta-feira? Ele parece indagar. Todo mundo parou de trabalhar para vir fazer essa papagaiada na praça? É muita fuleiragem desse povo coió da roça. Não posso admitir!

Em círculo, a multidão não para de se movimentar.

Jovens, crianças e adultos.

Quem não foi ensaiar na casa mágica e está sem livro, ao passar pelo megafone, se encoraja em dizer: liberdade para os estudantes! A primeira pessoa sem livro que disse a frase foi Faustino da Francisca do Gilberto, carregando no colo a sua menina de um ano e dois meses, a irmã do João Carlos, Ana Luíza. Depois que o sapateiro Faustino teve coragem de gritar no megafone — liberdade para os estudantes! —, todas as outras pessoas sem livro, como se de repente sentissem que cada uma delas era um possível e esperado livro, danaram a repetir a contundente frase.

Guilhermino Almeida Alves Duarte da Rocha se alvoroça no coreto. Conversa com os correligionários.

Na sua vez, João Carlos lê Carlos Drummond e João Guimarães Rosa. Seu trecho contém duas frases do Rosa e dois versos do Drummond.

Na sua vez, Rosalina lê Cecília e Clarice. Seu trecho contém duas frases da Clarice e dois versos da Cecília.

No coreto, parece que uma guerra será declarada.

Mas em círculo ritmado, a multidão não para de se movimentar.

O delegado acabou de chegar, diz João Carlos ao ouvido de Rosalina. Isso é bom ou mau sinal? Ela pergunta. E João Carlos: o prefeito é muito sistemático e o delegado segue à risca as ordens dele.

Em círculo, a multidão não para de se movimentar.

Adultos, jovens e crianças.

Liberdade para os estudantes! Grita quem não tem livro, mas se sente um possível e esperado livro e é livre para gritar.

Quase uma hora da tarde. Terminou a intervenção poética. As pessoas continuam conversando na praça. No coreto, foram providenciados uma caixa de som e um microfone. Todos já sabem que o prefeito vai falar.

O sol não bate forte, pois há muitas nuvens no céu. Um vento suave refresca a tarde.

Sage caminha entre as pessoas.

Rosalina o vê por várias vezes, pede que fique ao lado dela, mas Sage só pensa em andar para lá e para cá no meio do mundaréu.

Boa tarde, moradenses! Soa no microfone a voz de Guilhermino Almeida Alves Duarte da Rocha, o farmacêutico eleito prefeito, é ainda jovem, alto e magro, anda sempre de camisa listrada, cabelo emplastado de gel, nariz pontudo, olhos grandes e dentes pequenos. Pele quase leite de tão branca.

Ninguém responde ao boa-tarde dele. Em completo silêncio, a multidão aguarda.

Vamos ver quem tem mais força. Rosalina se lembra da frase de Dorlinda. De mão dada com João Carlos, sente um pouco de falta de ar. Está ansiosa. Sempre que ansiosa, sente um pouco de falta de ar.

Não tenho muito a dizer, senhoras e senhores. A voz do prefeito é desagradável em seu tom afetado. Em plena manhã de sexta-feira, vocês resolveram deixar os afazeres para virem guindar na praça.

Rosalina aprova o uso da expressão "guindar na praça". Combina bem com o que as pessoas acabaram de fazer. Dentre outras coisas, guindar é agitar e se movimentar.

A CASA MÁGICA   221

Confesso que fiquei comovido e já dei autorização para o delegado Silveirinha soltar os arruaceiros. Se eles quiserem declamar coisas parecidas com o que foi versado aqui hoje na praça, tudo bem, podem continuar a partir de amanhã.

Rosalina fala ao ouvido de João Carlos: e agora? O prefeito está impondo uma condição para soltar os estudantes. Eles continuam proibidos de declamar os versos que trazem as verdades que o prefeito não quer ouvir. E o cabelo de gel chamou os artistas de arruaceiros, que desaforo.

João Carlos: agora o que resta é mais aventura.

Como se algumas pessoas pudessem ter escutado o que João Carlos acaba de dizer, elas vão se aproximando do coreto. Vão subindo a escada. Vão se aproximando do pequeno grupo de correligionários, delegado e prefeito.

A princípio, o delegado Silveirinha se apavora, agita os braços gordos e flácidos, fala algo ao ouvido do prefeito e ameaça usar o celular para talvez dar uma ordem aos seguranças posicionados ali perto, mas Guilhermino da Mirtes do Evaristo da Penha do Lourenço da Ivone pede calma e permite que as pessoas cheguem perto do microfone.

Uma a uma, elas vão dizendo e dando vez a quem vier em seguida.

Palito é magrinho, mas sua voz é forte: liberdade para os estudantes!

Felícia, toda segura de si: não são arruaceiros! Poetas é o que eles são!

Dona Dalva, gordinha, lenço alaranjado na cabeça: eles vão recitar o que quiserem!

Dona Juliana, magra e com mania de coçar a nuca: eles não ofendem ninguém, não caluniam, não fazem injúria!

Seu Mateus, barrigudo e careca: eles apenas dizem as verdades que precisam ser ditas e ouvidas!

Clara Lúcia, mocinha alta e elegante: liberdade para os estudantes!

Zenilde, jovem grávida de cabelo anelado: os feirantes precisam voltar a trabalhar!

Regina, mocinha com voz de locutora de rádio: chega de prejuízo para os feirantes!

Dona Marília, pequena e sorridente: viva a casa mágica!

Maria da Conceição: viva Morada Nova!

Maria de Fátima: viva a poesia!

Maria do Carmo: viva a verdade!

Maria do Socorro: morra a mentira!

Maria dos Remédios: o prefeito quer ser um ditador ou uma figura política de admirável dignidade?

Maria de Lourdes: o povo de Morada Nova quer ouvir os poetas na feira!

Maria das Flores: liberdade para os estudantes! Liberdade para a poesia! Liberdade para Morada Nova!

Palmas e gritos de alegria ressoam por toda a praça. Araras-vermelhas aos bandos sobrevoam as árvores.

João Carlos comenta com Rosalina: as sete Marias fecharam com chave comum a pousada e com chave de ouro a intervenção poética. Ela se alegra em ouvir sobre os dois tipos de chave. Ela gosta de mexer com o sentido das coisas. A viajante dos compromissos mágicos não pode parar e então já começa a imaginar como será o encontro com a tia Josefa e a velhinha enjeitada. Como será trazê-las para a casa mágica. Estar com elas sempre que possível. Nunca mais serão ignoradas. Se a gente não trouxer a Josefa, será tudo em vão. Começa a imaginar o belo escrito das cartas do vô Olinto. As águas represadas do vô Olinto. Como se fossem capítulos de um romance, esperam por ela as cartas que em breve serão lidas em silêncio e em voz alta. Comportas que ela abrirá. Começa a imaginar também como será o comportamento de cada uma das sete Marias a partir de agora. A pousada Sete Marias tem um cozinheiro negro sem direito a folga semanal. As sete irmãs Marias continuarão com o mal de águas represadas?

O prefeito espera que todos se aquietem um pouco. Rindo, diz ao microfone: fiquei comovido, vocês venceram.

Palmas e gritos de alegria voltam a ressoar por toda a praça. Araras-vermelhas aos bandos continuam a sobrevoar as árvores.

Próximos ao coreto, Rosalina e João Carlos veem cinismo no riso de Guilhermino Almeida Alves Duarte da Rocha. Ele parece ter cedido, João Carlos diz, mas olha só o risinho cínico. Pois é, diz Rosalina, outras contendas virão.

Ele a beija na testa e pergunta, sério e preocupado: as nossas vozes saberão ir adiante?

Rosalina puxa o queixo de João Carlos, para que ele a fite nos olhos, e diz: os estudantes já estão mortos. Assim que viu que a multidão crescia na praça, o delegado, em conluio com o prefeito, mandou encenar um suicídio coletivo. Os moradores de Brejo da Ponte, quatro rapazes e três moças, sendo que um rapaz e uma moça são negros, são os líderes e são negros, todos muito pobres, mas que teimavam em escrever e recitar poesia, pegaram suas roupas e fizeram uma espécie de corda com elas. Depois, cada um pegou o seu arremedo de corda e amarrou no teto. Em seguida, cada um enlaçou a corda no pescoço, se pendurou e se enforcou.

Araras-vermelhas aos bandos continuam a sobrevoar as árvores.

E Rosalina: essa vai ser a versão das autoridades. Ainda que tendo a clareza de que não foi suicídio e sim uma execução, quem se atreverá a mexer nessa história inventada e provar o que aconteceu de verdade? Muita gente se encanta com a mentira autoritária e eles eram apenas sete jovens artistas muito pobres. Eles valem o esforço de se lutar pela memória deles? Eles eram de quem?

Atônito, João Carlos continua olhando para ela. E Rosalina: aqui é assim. Em vez de perguntar o nome da pessoa, pergunta-se de quem a pessoa é.

João Carlos: seria tão livro se os sete jovens artistas fossem de todos nós! Olha, parece que são. Rosalina diz, observando uma nova e bonita movimentação das pessoas. E se lembra da Luciana, da greve dos professores em Belo Horizonte, das outras necessárias movimentações.

Gritos de alegria continuam a ressoar por toda a praça. Araras-vermelhas aos bandos continuam a sobrevoar as árvores.

Assim que matarem a saudade da família, vamos levar os sete artistas para a casa mágica? Sugere João Carlos. Seria tranchã conversar com eles, diz Rosalina, ouvir cada um, abraçar e convidar para o ministério de poesia. Sim, empolga-se João Carlos, eles têm muito o que relatar e podem ser figuras exponenciais nas atividades da casa mágica! Se não estiverem mortos, retruca Rosalina, olhando para o anel de marcassita. E pensa na Dirce fazendo os preparativos para a internação de dona Olímpia. Será que dona Olímpia voltará viva do hospital? Rosalina ergue os olhos para João Carlos: os sete artistas podem ter sido vítimas de um suicídio coletivo muito bem engendrado. A história dos sete jovens do Brejo da Ponte com um final muito triste. Foram enforcados, mas num cenário fingido de suicídio. Tudo muito bem calculado. As autoridades pensaram nisso faz dias, só esperaram o momento adequado para o espetáculo fatídico.

João Carlos a abraça e diz: você me contou que é a viajante dos compromissos mágicos. Eu gosto de mexer com o sentido das coisas, ela diz. Então, Rosalina da Dorlinda da Alice do Olinto do Paulo, imagine que encontraremos, daqui a pouco, sete estudantes livres. A intervenção poética mexeu com o sentido das coisas. Rosalina olha para a multidão e pergunta: mexer com o sentido das coisas pode trazer compromissos mágicos? Ou são os compromissos mágicos que mexem com o sentido das coisas?

Gritos de alegria se encaminham em direção ao prédio da velha cadeia, que fica a dois quarteirões da praça.

De mãos dadas, Rosalina e João Carlos se misturam às pessoas e tentam encontrar Faustino da Francisca do Gilberto carregando no colo a Ana Luíza. Quero te apresentar ao meu pai e à minha irmã.

É tão cinema e tão livro ter um pai sapateiro! Ela grita em meio aos gritos das pessoas que se movem resolutas em direção ao prédio da velha cadeia.

É como se as araras-vermelhas, que agora sobrevoam as árvores da rua, ritmassem os passos de cada pessoa.

É como se cada pessoa, que agora caminha na rua da velha cadeia, quisesse voar mais alto que as araras-vermelhas.

É como se Sage, que por um momento se vê perdido entre os pés das pessoas, latisse chamando por Silva e Xavier.

É como se cada grito das pessoas fosse o frágil coração de um bem-te-vi.

É como se um bem-te-vi, que sempre visita o jardim interno da pousada Sete Marias, trouxesse a história de Engrácia Maria do

Rosário, a mulher do mantô bonina e da estrela torta no rosto, e acendesse o lucivéu de tornar qualquer lugar sua morada nova.

É como se as pessoas, que agora se encontram em frente à velha cadeia, pudessem conter as águas raivosas de cada prisão ou injustiça.

É como se cada jovem artista, ainda que preso ou morto, fizesse renascer o sonho de liberdade.

É como se a liberdade jamais pudesse prescindir da dignidade, para que as verdadeiras e urgentes palavras façam todo o sentido.

TERCEIRA PARTE

A herança de família

"Principalmente a gente que é mulher", disse a Maria de Fátima da pousada Sete Marias. Eu acrescento: principalmente a gente que é mulher negra. O lugar que nos reservam é o do silêncio obediente. Há que se insurgir contra isso desde sempre. Erguer a cabeça e se impor. Não permitir que cortem a nossa fala. E se cortarem, a gente precisa se indignar e deixar evidente que se trata de racismo, desumanidade, misoginia ou machismo.

Em Morada Nova, a minha mãe não se insurgiu, não teve forças. Até esqueceram o nome dela. Fizeram questão de esquecer. Passaram a chamá-la de velhinha enjeitada, era mais conveniente.

No entanto, aos poucos, Efigênia da Carmela do Jorge da Antônia do Aníbal criou coragem, não me matou e não se matou. Jogada pelo patrão numa casinha singela em Pompéu, grávida e com recursos mínimos, não demorou a vender seus bordados pelas ruas do centro da cidade. Eram bordados de muita lindeza e rapidamente ela se tornou a mais admirada e mais respeitada bordadeira de Pompéu. Com a sua arte em toalhas de mesa, panos de prato, vestidos, saias, cortinas e colchas de cama, teve conseguimento de se estabelecer. Abriu uma escolinha para ensinar bordado. Passou a não admitir que a humilhassem, fincava o olhar na cara de quem se aproximava e tentasse intimidá-la. Seu olhar desmontava a arrogância e o despotismo. Até os últimos dias de vida, a minha mãe me deu exemplos de negritude corajosa. Morreu aos cento e oito anos, muito boa de memória.

Dona Alice, a mulher legítima do meu pai, fez questão de que as minhas irmãs me conhecessem, dizia que éramos da família, não concordava com as atitudes do marido falastrão. Elas atenderam ao pedido da mãe, me visitaram quando eu era menina, brincávamos juntas, mas teve um dia em que de repente a Felícia virou e falou: eu sou a filha mais velha do Olinto do Paulo. Vai daí a Dorlinda comentou: grande novidade! Eu sou a mais nova e a Josefa é a do meio. A Felícia então completou seu raciocínio cruel: como filha mais velha da Alice do Olinto do Paulo, eu dou as ordens aqui. Josefa, hoje é a nossa última visita a você. Estamos ficando mocinhas e não pega bem a Dorlinda e eu termos uma irmã preta. Meu coração disparou nessa hora. Eu sinceramente não esperava por isso. Eu quis conversar, quis dizer que as amava, que a nossa amizade poderia ficar em segredo para sempre, se elas achassem melhor, mas a minha mãe, Efigênia da Carmela do Jorge da Antônia do Aníbal, tinha escutado o que a Felícia dissera. Estava bordando na sala, levantara-se para tomar um copo d'água, passava pelo corredor e ouviu as palavras da filha mais velha do Olinto do Paulo. Entrou no quarto e encarou a Felícia: o que não pega bem é o racismo, o preconceito, viu, menina? A Dorlinda tentou salvar a situação, dizendo: a Felícia está muito nervosa hoje, dona Efigênia, desculpe, não é mesmo, Felícia? Pede desculpas, Felícia, por favor. Mas a filha mais velha da Alice do Olinto do Paulo foi categórica. Enfrentou o olhar da minha mãe e disse: estou bem calma e decidi que não viremos mais visitar a Josefa. Será melhor assim para a nossa família. O papai tem toda a razão quando diz que cada pessoa tem que saber o seu lugar. A nossa família é da sociedade de Morada Nova.

A minha mãe puxou a Felícia pelos braços e a arrastou para fora da nossa casa, dizendo: vai, menina, vai para os braços da sociedade de Morada Nova! Mas vai ligeiro, antes que eu te dê uns tapas!

A Dorlinda gritava: perdoa, Josefa! Perdoa, dona Efigênia! A Felícia sofre dos nervos e está muito mal hoje, não levem em conta o que ela está dizendo, por favor.

Caída na calçada, a minha irmã mais velha disse: sou uma pessoa nervosa e sincera, essa é a verdade. Não retiro nada do que falei! Penso exatamente como o meu pai e ponto final.

Recebi o abraço de despedida da Dorlinda, eu sentia que ela pensava de modo diferente, embora não tivesse coragem de peitar a irmã mais velha. A Dorlinda era muito fraca de atitudes.

Às escondidas, a dona Alice visitava a gente, ajudava nas despesas, confortava a minha mãe. Eu a adorava. Alguns meses depois, ela morreu. Para mim, foi de desgosto. Ela sofria do coração e com toda a certeza não suportou o comportamento equivocado e egoísta da filha mais velha.

Hoje em dia, folgo em dizer que a Dorlinda e a Felícia voltaram a conviver comigo.

A Dorlinda, que sempre me tratou muito bem, embora, via de regra baixasse a cabeça para a Felícia, parece mais senhora de si. Imagino que deve ter trazido de volta a Dorlinda que tresfoliou com o próprio nome e se impôs na escola, enfrentou os colegas que caçoavam do nome dela, "não existe dor linda, toda dor é feia ou horrível", diziam. Ao tresfoliar, afirmando que amar é uma dor linda, aos poucos ela fez com que os colegas vissem um outro sentido para o nome dela. Vez ou outra, a Rosalina toca no assunto namorar alguém e a Dorlinda continua dizendo que nunca mais aconteceu, nunca mais as suas pernas tremeram, "estou muito bem sozinha, aliás, não me sinto sozinha", ela diz.

A Felícia mudou bastante, recebe com alegria a visita dos filhos e dos netos, sempre me recordo de sua frase de revolvimento — se a gente não trouxer a Josefa, será tudo em vão —, me trata com desvelo, acende o fogão de lenha e faz a minha comida predileta, angu com feijão. Além disso, é muito atenciosa com os frequentadores da casa na rua Engrácia Maria do Rosário, a casa mágica.

A vocação de professora é coisa de família. Felícia, Dorlinda e eu nascemos para trabalhar em educação. Minha sobrinha vai no mesmo rumo, está no segundo ano de uma universidade pública de Belo Horizonte. Vai lecionar português e literatura brasileira. Foi ela quem me inspirou a escrever todas essas coisas. Desde que me visitou pela primeira vez, danamos a conversar praticamente todos os dias. Quando não podemos nos ver pessoalmente, ela usa o celular, não gosta muito disso, é diferente da maioria dos jovens, mas para conversar comigo, a solução é o celular, a gente passa horas proseando. Ela me conta sobre as suas aventuras na charrete dos compromissos mágicos e eu faço as anotações. Depois, vou entremeando a narrativa. Vou contando tudo o que se passou com ela, com as outras pessoas da família e com quem a gente convive.

O que ela me relatou sobre os sete poetas de Brejo da Ponte me provocou pesadelos durante noites e noites seguidas. Eu acordava gritando e tremendo, como se fosse eu a torturada na prisão. Custei a me aprumar.

Os estudantes que recitavam poemas na praça da feira de Morada Nova, os sete jovens artistas, quatro rapazes e três moças, sendo que um rapaz e uma moça eram negros e eram os líderes, todos muito pobres, os sete foram torturados todos os dias, enquanto estiveram presos. Era todo tipo de tortura que se possa imaginar. Não careço de pormenorizar, basta que se leia sobre o período da ditadura civil-militar no Brasil para saber o que acontecia com quem era tido como subversivo, comunista, artista, professor contestador de autoritarismos ou simplesmente defensor da democracia. Além desses instrumentos de tortura, eu imagino que o Guilhermino Almeida Alves Duarte da Rocha, exímio farmacêutico, dava ordens para que a refeição dos sete detentos recebesse gotas de algum tipo de substância deletéria.

Quando a multidão, toda feliz, viu saírem da velha cadeia os sete estudantes de Brejo da Ponte, bateu palmas e deu gritos de alegria que assanharam ainda mais as araras-vermelhas que não paravam de sobrevoar a rua.

Empolgada, a multidão não se deu conta do olhar vazio de cada jovem poeta recém-saído da casa de detenção. A Rosalina e o João Carlos perceberam logo, estavam mais atentos e mais preocupados. Para eles, não foi difícil constatar o olhar vazio, a pele pálida e os passos cambaleantes. A multidão queria a festa, queria a prova de que tudo dera certo, queria tanto, mas tanto, que ficou meio cega e não viu os detalhes que só a Rosalina e o João Carlos foram capazes de minudenciar.

Nunca mais os sete jovens escreveram ou recitaram poesia. Abalados e mortiços, nunca mais foram ao colégio.

A feira de sábado voltou a funcionar. A necessidade de compra e venda falou mais alto. No início, todo mundo estranhou a desistência dos sete poetas, claro, mas era preciso tocar a vida. Penso que muita gente já entendeu o que de fato aconteceu com eles e está revoltada. No entanto, algumas pessoas argumentam que é mentira ou exagero essa história de tortura e que simplesmente os estudantes se cansaram de poetizar.

Rosalina e João Carlos visitaram a família de cada um deles, tentaram conversar com eles, falaram em tratamento psicológico, se ofereceram para ajudar nas despesas com o tratamento. De nada adiantou. A tristeza dos pais parecia se transformar em descrença e alheamento a cada dia. Casimira da Antonieta do Atílio da Eunice e Ubaldo da Emanuela do Tito da Celmira, os líderes negros, transpareciam serem mortos-vivos, a Rosalina e o João Carlos choraram muito ao me dizerem isso.

Tem vez que os compromissos mágicos não dão conta, disse a Rosalina. Nem sempre é possível mexer com o sentido das coisas. A vida é mágica. Mas também é trágica. Eu a abracei e disse: é aí que entra o compromisso mais mágico de todos, Rosalina. E qual é o compromisso mais mágico de todos? Ela perguntou, ajeitando os óculos. Já havia consertado a armação de aro azul, mas ficou a mania de ajeitar os óculos. Eu respondi: teimar e ir adiante, enquanto vida tiver.

O que aconteceu com os jovens poetas tem que ser denunciado! Ela se reanimou. E João Carlos: vamos fazer a denúncia. Isso não pode ficar assim. Não estamos numa ditadura. Ou estamos?

Rosalina me contou também que a dona Olímpia viveu mais três meses, após deixar o hospital. A Dirce mudou de mala e cuia para Biquinhas. Na justiça, antigos parentes brigam pela casa verde da rua Célia Francisca de Oliveira.

Quanto à greve dos professores naquele ano, o resultado não foi mamão com açúcar, diria a Dirce. A professora grávida que ficou presa por vários dias, acusada de conclamar os colegas para o movimento, deu à luz na prisão e o neném nasceu morto. A pobre enlouqueceu. O marido teve conseguimento de levá-la para casa, depois do empenho de um advogado amigo deles. A outra professora também acusada de atiçar os colegas, mais jovem e mais desabrida, demorou dois anos para ser libertada. Depois de inúmeras manifestações na praça da Estação, os professores não obtiveram aumento de salário. As más condições de trabalho permaneceram. Os dias parados foram descontados na folha de pagamento. Bem feito para eles, diria a dona Alzira, professores não podem reclamar nas ruas, não podem deixar os alunos sem aulas, professores nasceram para a sagrada missão de ensinar.

O pai da Luciana foi assassinado numa briga de bar e a mãe está melhor, parou de implicar com ela, tem sido mais cuidadosa com os filhos pequenos.

Rosalina e Luciana continuam muito amigas e isso me conforta, pois me preocupo demais com a minha sobrinha morando numa pousada do centro de Belo Horizonte. Vez ou outra, leem juntas o caderno de recordação da mulher do mantô bonina e as cartas do meu pai. Encantadas com a linguagem de cada qual. Saber que ela e a Luciana leem e estudam bastante, trocam impressões sobre a vida e uma de certa forma cuida da outra, me acalma sobremaneira.

Silva e Xavier sempre fazem companhia aos frequentadores da casa na rua Engrácia Maria do Rosário e Sage, vez ou outra, aparece também. Nas mais das vezes, tem permanecido quieto na rodoviária. Acho que está muito velho e cansado de ficar andando para lá e para cá.

✦

Quando eu disse à Rosalina que ia escrever um romance, que ela seria a protagonista, e que para isso eu precisava que ela me contasse tudo sobre as suas viagens na charrete dos compromissos mágicos, as primeiras coisas que ela mencionou traziam à baila a mulher da estrela torta no rosto, seu mantô bonina e sua determinação ao mandar construir uma casa no Alto São Francisco e dizer: aqui será a minha morada nova.

Em seguida, Rosalina me mostrou as cartas do Olinto do Paulo, meu pai. As cartas que ele deixava em um ninho de joão-de-barro. As cartas endereçadas à dona Olímpia, que tinha como rival a dona Alice do Olinto do Paulo. Rosalina queria que a leitura das cartas fosse uma acontecência mágica. E foi. Juntas, lemos fascinadas o belo escrito do meu pai. Como se fossem capítulos de um romance.

Como se fossem uma herança de família.

Juntas, lemos também o caderno de recordação da Engrácia Maria do Rosário. A linguagem da Engrácia nos encanta sobremaneira.

Conheci o pai do João Carlos e me apaixonei. Ele também se enleou comigo. É mais jovem, mas não levo isso em conta e talvez eu me case com o Faustino da Francisca do Gilberto. Nunca havia pensado em me casar. No entanto, de uns tempos para cá, não me assusta a ideia de ter uma enteada de nome Ana Luíza da Mariana do Faustino da Francisca do Gilberto e um enteado de nome João Carlos da Mariana do Faustino da Francisca do Gilberto.

Quando vou a Morada Nova, me hospedo na pousada Sete Marias. A Felícia quer que eu fique num dos quartos da casa na rua Engrácia Maria do Rosário, diz que faz questão. Já eu faço questão de pousar na Sete Marias. Me apraz observar e ouvir a Maria das Flores no domingo, a Maria da Conceição na segunda-feira, a Maria de Fátima na terça, a Maria do Socorro na quarta, a Maria do Carmo na quinta, a Maria dos Remédios na sexta e a Maria de Lourdes no sábado. Elas são as Marias do João da Verônica. Tomaram consciência, compreenderam a situação do ótimo cozinheiro e passaram a pagar um bom salário a ele, providenciaram carteira de trabalho assinada, folga semanal e férias.

João Carlos concluiu o ensino médio e se prepara para o vestibular. Pretende cursar Direito. Rosalina e ele continuam namorando. Com muita discrição, vez ou outra ela me conta intimidades. Diz que sempre que ela e o João Carlos têm encontros mais intensos, tratam de se cuidar para não acontecer embaraço, estado interessante, prenhez. Ela continua com saudade das palavras abandonadas. Das palavras esquecidas. Das palavras afastadas do convívio diário. Palavras que estavam escondidas, tristes e úmidas debaixo de pedras e que ela gosta de trazer ao sol. Ela sorri quando diz que não é nada interessante ela ainda tão jovem ficar em estado interessante.

E mais: Rosalina da Dorlinda da Alice do Olinto do Paulo e João Carlos da Mariana do Faustino da Francisca do Gilberto administram muito bem a casa mágica. Lá se pode ouvir as cartas do meu pai na voz de uma ou outra pessoa. Como se fossem capítulos de um romance. Dá gosto de ouvir. O diário da Engrácia Maria do Rosário também se deixa conhecer.

Por ser uma escritora negra, certamente terei mais dificuldades que as escritoras brancas no concernente à publicação e à aceitação no meio literário. Não vou dizer: me aceite. Vou exigir: me respeite. Sou a filha da melhor bordadeira de Pompéu. Com as agulhas das palavras, tresfolio bordados.

Em Morada Nova, quando perguntam de quem eu sou, me apraz contar que sou a Josefa da Efigênia da Carmela do Jorge da Antônia do Aníbal.

Stella Maris Rezende é escritora premiada: quatro vezes vencedora do Prêmio Jabuti, entre eles o Jabuti 2012 de Melhor Livro de Ficção do Ano e o de Melhor Livro Juvenil com *A mocinha do Mercado Central* (Globo Livros, 2011), Prêmio APCA/Associação Paulista de Críticos de Arte 2013, Jabuti 2014 e Prêmio Brasília 2014 por *As gêmeas da família* (Globo Livros, 2013), Barco a Vapor 2010 e Jabuti 2012 com *A guardiã dos segredos de família*, três Prêmios João-de-Barro (1986, 2002 e 2008), Bienal Nestlé 1988 e dezenas de selos Altamente Recomendável, da FNLIJ. Pela Globo Livros, publicou também *Missão Moleskine* (2014), *A sobrinha do poeta* (2012), *Justamente porque sonhávamos* (2017) e a trilogia infantil: *A poesia da primeira vez* (2014), *A coragem das coisas simples* (2015) e *A fantasia da família distante* (2016). Mestre em Literatura Brasileira pela Universidade de Brasília, já publicou mais de quarenta livros, entre romances, contos, crônicas e poemas. Participa de encontros literários por todo o Brasil e no exterior. Vários de seus livros foram selecionados para a Feira do Livro de Bolonha, a mais importante feira de livros infantojuvenis do mundo. Ministra a Oficina Letras Mágicas, que incentiva a leitura e a escrita. É mineira de Dores do Indaiá. Já morou em Belo Horizonte e Brasília. Atualmente, vive no Rio de Janeiro.

Este livro foi composto nas fontes Adobe Caslon Pro e Aileron.
Impresso em papel Pólen Soft 70g/m², na gráfica AR Fernandez.
São Paulo, dezembro de 2021.